나는 아파트 경비원입니다

바닥을 알 수 없는 깊은 수렁으로

끝없이 빠지고 있던 나의 곁을 지키며 한결같이 기다려 준

고마운 아내에게 이 책을 바친다.

나는 아파트
경비원입니다

최훈 지음

정미소

저의 직업은요

오랜 직장 생활을 거치고 무역업을 하다가 몇 년 만에 다 말아먹었습니다. 저 자신이 사업을 할 만한 재목이 못 된다는 사실을 깨달은 게 60대 중반의 나이까지 온 근래의 일이니, 철이 참 늦게 드는 편인 모양입니다.

사업을 접고 7년 동안은 이것저것 손을 대 봐도 되는 일이 없었습니다. 평생 고생 한번 안 하고 살던 집사람에게도 뒤늦게 고생을 심하게 시켰습니다. 생전 당해보지 못했던 혹독한 환경에 빠지게 하고 수모도 당하게 했습니다. 그럴 때마다 쥐구멍에라도 찾아 들어가고 싶었고, 면목이 참 없었습니다. 이대로는 정말 길 바깥에 나앉겠다 싶어서, 눈높이를 좀 낮춰서 직장을 구하러 다녔습니다.

그러던 중 지금의 직장을 잡은 지 3년이 다 되어 갑니다. 이 나이에 4대 보험 다 들어 주고, 아주 큰 돈은 아니지만 매달 봉급 또박또박 나오는 부도날 일 없는 견실한 직장입니다. 매달 봉급이 나온다는 사실이 이처럼 안정과 행복을 가져다줄 수 있다는 것을 예전에는 미처 몰랐습니다.

이제는 어쩌다가 한 번씩 친구들 모임에도 나갑니다. 회사 부도 나고서는 한동안 사람 안 만나고 두문불출했거든요. 대인기피증이 바로 이런 거구나 싶기도 했습니다. 요즘은 오랜만에 만나는 친구들이 요즘 제 근황을 물어 오면 여유 있게 대답해 줍니다.

"으응, 요즘 직장 나가. 봉급이 많지는 않아. 출근 시간도 좀 이르고. 아침 6시 반. 일주일에 반만 나가는 곳인데 부도날 일 없고 괜찮아. 직장에서도 시간 나면 음악 듣고, 쉬는 날은 집에서 좋아하는 영화 보고. 적어도 이틀에 한 번은 두 시간 이상씩 걷고. 이 나이에 사대보험 되는 직장에 적을 두고 많은 봉급은 아니지만 그래도 때 되면 턱턱 타 먹고."

여기까지 얘기해 주면 다들 부러워하면서 물어옵니다.

"그래? 그런 직장 있으면 나도 소개해 줘."라고들 합니다. 경제적으로 여유가 있지만 집에서 그냥 노는 친구들은 더 합니다. "어디야, 뭐 하는 회산데!"하고 모두들 부럽고 궁금해서 죽습니다. 저는 씩 웃으며 대답을 피합니다.

"회사가 어디 있는 건데?"

"아, 집에서 멀지 않아. 전철로 대여섯 역 정도."

"그으래? 집에서도 가깝고? 야아, 로또네 로또."

친구들과 간만에 얽혀서 소주 한잔하다가 2차로 주섬주섬 커피숍에 갑니다. 옛날 같으면 더 찐한 술 부으러 가든지 아니면 입가심 맥주를 하러 가든지 했던 것이 나이가 들다 보니 가끔은 커피를 마시러 갑니다. 그러나저러나 참 커피 장사 노 나는 세상입니다. 거리에 나서면 10m마다 커피집이 하나씩은 있는 듯합니다. 우리나라도 커피가 나든 석유가 나든 해야 할 텐데, 당장에 제 코가 석자이긴 합니다만 공연히 나라 걱정까지 보태봅니다.

창 넓은 창가를 골라 앉아 커피를 한잔씩 마시면서 두런거려봅니다. 커피를 목으로 조금씩 흘려 넘기다 보면 올랐던 술기운의 커튼들이 기분 좋게 한 장씩 걷힘을 느낍니다. 개중에 아직까지 관심이 남아있는 친구가 다시 물어옵니다.

"어디야, 뭐 하는 회산데?"

대답을 피하고 다른 얘기로 넘어가기를 수차례, "나중에 알려줄게, 지금은 알리기가 좀 그래."하고 얼버무립니다. 그러면 '뭐야, 이 자식은 운도 좋아, 젊었을 때부터…'하는 표정이 친구들의 얼굴을 스쳐 갑니다. 물론 제 느낌이었을 테지만요.

직업에 귀천이 있을 수 없다는 것도, 근로의 아름다움이 가볍지 않다는 것도, 알 만한 나이입니다. 하지만 나름 잘나가는 듯 보였던 저의 과거를 아는 그들에게 선뜻 지금의 직장에 대해 말하기는 쉽지 않습니다.

이쯤에서 조심스럽게 말씀드리자면, 저의 직업은 '경비원'입니다. 수도권 모 신도시 아파트에서 일합니다. 습관에 따라 그때그때 메모해둔 것을 모아보니 얼추 책 한 권 분량이 되었습니다. 이 책에는 아파트에서 울고 웃었던 저의 3년 가까운 기록을 담았습니다. 비장하거나 슬프지 않게 읽어 주신다면, 그리고 반면교사의 장으로 읽어 주신다면 더할 나위 없는 보람이겠습니다.

차례

1부 나는 아파트 경비원이다

2부 경비원의 하루

3부 옛날 옛날에

나는 아파트
경비원이다

지금 나의 직업은 아파트 경비원이다. 제법 어울리는 하늘색 경비원복을 입은 내가 신기하기도 하고, 주위 동료들이나 아파트 주민들이 나를 경비원이라고 부르고 대하는 게 얼떨떨하고 그렇게 신기할 수가 없다. 경비원 복장을 갖추어 입는 것만으로 바로 경비원이 되다니. 아침에 등원하는 유치원생들이 횡단보도에서 교통 정리를 하고 있는 나를 "경비원 아저씨!"라고 부를 때면 내가 경비원이 되었다는 사실을 몸으로 실감한다.

1

경비원 되기 1일 전 :
나이는 면접 기회마저 앗아간다

2018년 7월

"안녕하세요? 경비원 채용 모집 광고를 보고 전화드렸습니다."

정중하게 또박또박 발음하려고 노력했다. 담당 여직원은 다음 날 11시까지 이력서와 경비원 교육 수료증을 지참하고 아파트 주민 회관에 와서 면접을 보면 된다고 설명해 주었다. 마지막으로 내 나이를 묻길래 만 63살이라고 대답하니, 만 62세 이하의 경비원만 채용한다는 관리 규정상 면접이 어렵겠노라고 잘라 말한다. 나이 한 살 차이로 면접 기회도 주어지지 않는다니 야속하다. 아예 처음부터 그렇게 얘기를 해 주던가. 구차하게 사정을 해 보지만 돌아오는 건 사무적인 대답뿐이었다. 전화는 끊었다. 하지만 미련은 남았다.

이후 반나절을 인터넷으로 다른 자리를 알아보는 데 소비했지만, 그만한 자리가 쉽게 보이지 않았다. 세상에서 제일 큰 물고기는 자기가 방금 그물로 올리다가 놓쳐버린 녀석임을 실감한다. 경비원 채용 공고는 인터넷에 많이 올라와 있다. 하지만 급여, 근무 시간, 근무 방식, 집에서부터의 거리 및 대중 교통 수단, 특히 나이 등의 채용 기준 및 다른 조건들이 나와 맞는지 살펴보고 난 후 결정할 문제이므로 나름 까다로운 선별 작업을 거쳐야 한다.

요즘은 경비원도 노년에서 중년, 다시 중년에서 장년층으로 점점 젊어지고 있다. 예전 아파트 경비원들은 연세 든 어르신이 대부분이었고 심지어는 아주 연로하셔서 허리가 꼬부라지기 시작한 분들도 계셨는데 요즘은 그렇지 않다. 아무래도 나이가 들수록 근력도, 기억력도, 순발력도, 심지어는 평형감각까지도 떨어지는 법이다. 그래서 가능한 한 젊은 사람들을 선호하는 곳이 늘어나는 추세이고 그런 곳은 급여도 비교적 높다. 우리 사회는 고령화 시대로 접어들고 있으면서도 노인이 일할 자리는 별로 없어 보인다. 어느덧 나 자신도 그 나이 대열에 접어들고 말았다.

다음날, 그 아파트 채용 면접 시간인 11시가 되자, 내가 괜히 안절부절못하고 있었다. 작은 무인도에 혼자 불시착하여 시간이 지날수록 바닷물이 차올라, 섬이 점점 작아지더니, 마침내는 미끌미끌한 작은 바위에 발을 디디고 서 있는 것 같았다. 나이 제한 때문에 아파트 경비원 면접조차 볼 수 없다니, 우울하고 답답했다. 이제 내가 할 수 있는 일은 이 사회 어디에도 없는 것이 아닐까, 싶은 절망적인 마음이었다.

벽시계 바늘이 오후 세 시를 가리키고 있을 때였다. 그때 갑자기 나도 모르게 갑자기 벌에 쏘인 듯 전화기를 들었다. 그리고 그 아파트 관리 사무실에 전화를 걸었다. 어제의 그 여자 직원이 아닌 다른 남자 직원이 전화를 받았다. 거두절미하고 채용 최종 결정이 나지 않았으면 지금이라도 면접을 보러 가도 되겠느냐고 물었더니, "오늘 경비 관리 회사 임원도 참석한 자리에서 15명 정도 면접을 보았는데, 그중에 3명을 오늘 중으로 최종 결정하기로 한 거로 알고 있습니다."라고 답해 주었다. 그의 목소리가 비교적 친절한 데 힘을 얻어, 그에게 나의 사정을 이야기하기 시작했다. 그리고 그 임원의 연락처를 받을 수 있는지, 지금이라도 찾아가면 추가 면접을 볼 수는 있는지, 나이 제한이 실제로 있는 것인지를 물었다. 나의 간절함이 느껴졌는지 훨씬 온화하고 여유 있는 답이 돌아왔다.

"그 관리 회사 전화번호는 인터넷에 찾아보시면 됩니다. 이번 신입 경비원 채용 기준에 형식적으로는 나이 제한을 두었던 건 사실입니다."

'형식적'이라는 말에, 깜깜한 터널 속에서 한 줄기 불빛이 보이기 시작했다. 나는 집요하거나 적극적인 성격의 소유자가 아니다. 좋게 표현해서 낙천적이지 사실은 안이하고 나태한 편이다. 어떻게 잘 되겠지, 하고 감나무 밑에 누워 감이 떨어지기를 바라며 살아왔다. 발등에 불이 떨어지고서야 부랴부랴 서두르고 그러다 보니 때를 놓친 일도 많았다. 그랬던 내가 이제야 냉엄한 현실의 벽을 절감한다.

인터넷에 나와 있는 그 경비 관리 회사에 전화를 걸었다. 면접관은 출장 중이라고 했고 개인번호를 물어보자 알려줄 수 없다는 사무적인 답을 했다. 전화를 받은 여직원에게 다시 하소연했다. 면접 대상자인데 면접관님께 꼭 여쭐 말씀이 있다고. 우여곡절 끝에 면접관과 통화를 할 수 있게 됐다.

"안녕하십니까, 오늘 아파트 경비원 모집 면접에 시간이 어긋나서 면접에 참여를 못 한 사람인데요. 죄송합니다만, 아직 최종 결재가 나기 전이라면 저에게도 면접 기회를 주시면 감사하겠습니다."

"글쎄요. 오늘 열다섯 분 최종 면접을 보긴 했는데요."

"지금이라도 면접을 볼 수 있도록 허락해 주시면 감사하겠습니다. 시간이 안 되시면 내일 아침에라도 찾아뵙겠습니다. 꼭 기회를 주시기 바랍니다."

나는 말끝마다 존칭을 올려붙이고 있었다. 면접관은 잠시 생각하는 듯하더니. "그러면 그쪽 아파트 팀장과 면접을 오늘내일 중으로 보세요. 그 후에 정하도록 합시다."하고 말했다. 즉시 아까 통화했던 아파트 보안팀장에게 다시 전화를 걸었다. 그간의 자초지종을 들은 그는 다음날 오전에 추가 면접을 보러 나오라고 했다. "감사합니다, 정말 감사합니다." 나는 전화를 끊고도 "감사합니다."라는 말을 반복했다. 살아오면서 이만큼 감사하다는 말을 수십 번 넘게 한 날은 없었다. 어디 말뿐인가, 전화기 위로 고개 숙여 인사까지 하고 싶은 심정이었다.

다음날 약속된 대로 추가 면접을 보았고 나는 결국 그 아파트의 경비원으로 채용되었다. 그제야, 포기하지만 않으면 이미 놓쳤다고 여긴 기회가 다시 돌아올 수도 있음을 알았다. 지금까지 나는 얼마나 많은 기회를 스스로 포기하면서 여기까지 오게 됐을까.

오늘도 나는 그때의 그 간절함을 잊지 않으려고 노력하고 있다. 출근하는 새벽마다 매일 그 초심으로 돌아가려고 안간힘을 쓴다. 그게 말처럼 쉬운 일이 아님을 알지만, 그래도.

2

경비원 되기 1개월 전 :
우격다짐 교육 이수증

2018년 6월

초여름 아침 이른 시간, 나는 수도권 외곽의 한 허름한 건물 앞에
서 서성대고 있었다.

한국경비협회가 '경비원 취업을 위한 법정 교육'을 실시하는 학
원이다. 경비원으로 취업하기 위해서는 신임 경비원 교육 이수증이
필요하다. 하루 8시간씩 3일간 일반 경비원 신임 교육을 받고 간단
한 시험까지 치러야 교육 이수증을 받을 수 있다.

사흘 수강료는 십만 원이 넘는다. 교육기관 입장에서는 학원 운
영비에다 초청 강사료 등을 고려하면 결코 비싼 금액이 아니라고 강
변할지 모른다. 하지만 경비원이 되고자 하는 사람들이라면 대부분
경제적 약자다. 손주 재롱이나 볼 적지 않은 나이에도 불구하고 생

존을 위한 최소한의 벌이라도 해 보겠다고 뛰어드는 나와 같은 사람들에게는 부담이 큰 금액이다.

　예약을 위해 학원에 전화를 걸었다. 수강이 가능한 제일 빠른 다음 주로 날짜가 잡혔다. 경비원이 되려는 사람이 그만큼 많다는 뜻이다. 학원 시설이나 강사진은 한정되어 있고 불경기일수록 수강생이 많아진다. 나는 우선 예약부터 해 두기로 했다. 교육을 받으러 갈 것인지 말 것인지, 경비원이 될 것인지 말 것인지.

　제일 큰 걱정은 수강료를 낼 돈이 수중에 없다는 것이었다. 지갑이나 신용카드가 안 보인 지 오래인 내 주머니 속에는 아무리 만지작거려도 만 원짜리와 천 원짜리 지폐 달랑 서너 장이 손끝에 잡히는 게 전부였다.

　하루하루 지나가고 예약한 날짜는 기어이 왔다. 마음은 아직도 망설이고 있지만 몸은 이미 학원으로 가는 버스를 기다리고 있었다. 학원 앞에 도착해서 서성이는 것도 잠시, 엘리베이터가 없는 건물이어서 계단을 걸어서 4층 강의실로 올라갔다.

　강의실 입구에서 수강료를 받고 있는데 강당같이 큰 강의실 안에는 벌써 반쯤 수강생들로 채워져 있었다. 이렇게 장사가 잘되니 굳이 수강료를 내릴 이유도 없을 것이다. 입구를 슬며시 통과하려 하자 수강료를 받는 여직원 옆에 서 있던 남자 직원이 제지하는 몸짓을 보였다. 시간이 없어서 그냥 왔는데 점심시간에 인터넷 뱅킹으로 입금하겠다고, 그렇게 말도 안 되는 얘기를 남기고는 안으로 밀고 들어갔다. 주머니가 비어 있거나 머리가 비어 있거나 하면 용감해지는 법이다. 반 우격다짐으로 강의실 안에 들어서서 숫자 55가 적힌 책상에 가서 털썩 앉았다. 55번은 내 수강 신청 예약 번호였다.

자리에 앉아 주위를 둘러보니 늙수그레한 수강생들. 다들 벌레 씹은 표정을 하고 있었다. 벌레라도 씹지 않으면 경비원 울타리에 아예 넣어주지 않으니 모두 울며 겨자 먹기로 강의실을 채우고 있는 것이었다. 처음 하루는 수강료도 못 내고 8시간 도둑 수업을 받았다. 둘째 날도 오전까지 수업을 받았는데, 점심시간에 학원 측으로부터 강의료 독촉을 받았다. 사실 우격다짐으로 강의실 의자에 앉을 때부터 이미 미루어서는 안 될 절차였다.

휴대폰을 들고 친구의 전화번호를 입력했다. 마지막 순간까지 미루고 미룬 전화였다. 반갑게 전화를 받은 친구와 간단한 인사를 마치고는 거두절미하고 이러저러해서 경비원 생활을 하고자 하는데 그러려면 신임 경비원 교육을 받아야 한다고, 네 도움이 필요하다고 나의 사정을 말했다. 나의 말을 다 듣고 난 친구는 한동안 말을 잇지 못했다. 내 사정이 어려워졌다는 것은 짐작해왔지만 이 정도인 줄은 몰랐을 것이다. 전화 너머로 긴 한숨 소리만 들려왔다.

친구의 도움으로 나는 나머지 교육을 계속 받을 수 있게 되었다. 교육 내용은 대강 다음과 같았다. 장비 사용법, 시설 경비 업무, 범죄 예방법, 경비 관련 법령, 직업 윤리 및 서비스, 체포 및 호신술, 사고 예방법 등, 경비원으로 종사하기 위한 기본적인 이론과 방법들이었다. 호신술 시간에는 주짓수 무술 사범이 강사로 나와 시범을 보이고 교육생 전체가 2인 1조로 그것을 따라 하기도 했다.

사흘째인 마지막 날에는 경비원 예절 교육을 받았다. 약 1시간 동안 학원 원장이 직접 나와서 아파트 등 근무처에서의 경비원들의 근무 수칙과 행동 요령을 가르쳤다. 그에 따르면 경비원이 근무지에서 지켜야 할 예절은 다음과 같다.

1) 단정한 복장
- 경비원복을 입을 때 단추나 지퍼를 끝까지 올려 단정하게 할 것
- 모자를 삐딱하게 쓰거나 올려 쓰지 말고 단정하게 착용할 것

2) 절도 있는 행동
- 주머니에 손을 꽂고 다니지 말 것.
- 걸음걸이를 절도 있고 단정히 할 것.
- 교통정리 시 절도 있고 정확한 수신호를 사용하고, 항상 바른 경례 자세를 취할 것
- 껌을 씹으며 입주민을 대하지 말 것.
- 근무 중 음주를 절대 삼갈 것

3) 겸손한 자세

- 입주민을 대할 때 항상 겸손하고 친절한 자세와 공손한 말투를
  유지할 것
- 입주민과 절대 분쟁을 일으키지 말고
- 입주민이 다소 부당한 처사를 하더라도 슬기롭게 극복할 것

교육받는 내내 속으로 툴툴거리긴 했지만 지금에 와서 돌아보면 다 맞는 얘기들이다. 이상의 예절 교육을 끝으로 소정의 시험 과정을 거쳐 교육 이수증을 받게 되었다.

요즘은 잘 모르겠지만 얼마 전까지만 해도 "나이 들어 할 일 없으면 아파트 경비나 하지."하는 사람들이 꽤 있었다. 하지만 경비원 취업도 생각처럼 만만치 않다. 나 자신이 해 보니 결코 쉬운 일이 아니었다. 교육 과정을 이수해야 하고 형식적이라고는 해도 시험을 치러야 하고 또 채용기관의 면접도 보아야 한다. 특히 요즘은 지원자들이 많기 때문에 그 경쟁자들을 물리쳐야 한다.

그리고 한 해 한 해 지나면 지날수록 '나이의 벽'이 코앞에 절벽처럼 다가온다.

3

경비원 되기 2개월 전 :
우선 움직이자

2018년 5월

길바닥에 나앉지 않기 위해 뭐라도 해야 했다. 인터넷 구직 사이트를 뒤지기 시작했다. 무역 경력직을 위주로 찾아보니 우선 나이에서 어림도 없었다. 말이야 바른말로 아무리 경력직 사원을 채용한다고 하더라도 어느 회사에서 나같이 나이 많은 사람을 뽑아 주겠나. 사무실에 앉혀놓고 상전 모실 일 있겠나 싶을 것이지만, 그래도 열심히 뒤져서 몇몇 회사에 이력서를 보냈다.

접수된 이력서를 선별하는 인사과 직원들이 내 나이를 보고 웃지는 않았을까. 아니면 놀라워하거나 한심해하기도 했겠지. 30대인 젊은 그들이 점심 식사 후 커피를 나누며 이력서에 기재된 누구의 나이가 우리보다 두 배는 되더라, 하면서 픽픽 웃는 모습이 떠올랐다.

그러고 보니 이력서에 첨부해서 보낸 내 증명사진도 맘에 걸린다. 길에서라도 내 이력서에 실린 사진을 본 친구와 우연히 마주친다면, 그는 나를 알아볼 수도 있다. 나는 길에서 스쳐 지나가는 저들이 누군지 꿈에라도 알 수 없는 노릇이고.

　그런 상상을 끝없이 하면서도 이력서와 자기소개서를 작성해서 여기저기 열심히 보냈다. 일본 무슨 유통 회사, 국내 의료 벤처 회사, 해외 파견 요원을 찾는 중견 건설 회사 등등. 약 한 달 동안 30개가 넘는 회사에 이력서를 보냈다. 그리고 기다렸다. 휴대폰도 진동 모드에서 소리 모드로 돌려놓고 기다렸다. 딩동, 소리가 나면 혹시나 하고 급히 화면을 보게 되는데, 대부분 친구가 보낸 안부 문자나 쓸데없는 광고 문자들이었다.

　한 보름쯤 되었나, 한 군데서 연락이 왔다. 내가 이름을 기억 못 하는 회사로부터였다. 하긴 하도 여러 군데 보내다 보니 기억을 못 할 수도 있지. 두근두근하는 가슴을 가다듬고 연락 문자를 열어보니 구직하는 사람에게 보낸 메시지치고는 의외로 문구가 굉장히 친절했다. 당신도 성공할 수 있다느니, 많은 동료가 이미 시작하고 있다는 둥. 좀 들여다보니 아무래도 다단계 회사처럼 보였다. 어떻게 내 연락처나 이력 사항을 알았을까. 아, 구직 사이트의 양식에 맞춰 올려놓은 이력서, 그걸 보고 연락을 한 모양이었다. 속으로 '그러면 그렇지.' 싶으면서도 전화기의 소리 모드를 켜둔 채 며칠을 더 기다렸다. 그 이후 다른 한 곳에서도 연락이 더 왔는데 그 비슷한 류의 회사였다. 보름쯤 더 기다려 보다가 휴대폰 알림 모드를 진동으로 돌려 놓고 말았다.

내가 정성껏 작성해서 보낸 30통 가까운 이력서는 간단한 문자 메시지 한 통으로도 다시 돌아오지 않았다. 결국 3개월 만에 구직 활동을 접었다. 돌이켜 생각해 보니 다단계 회사가 아니라면 이 나이의 남자를 어떤 회사에서 뽑아 주겠나. 평소 관심도 없던 다단계 회사를 그 기회에 좀 들여다보고 공부한 결론은 간단했다. 직원으로 채용된 것이 아니라 결국은 그 회사의 소비자로 채택된 것이었다. 그 회사들은 채용되었다는 알림에 '모신다'라는 표현을 사용했지만, 결국 허울 좋은 팡파르일 뿐이다.

코트라에서 주최하는 경력 사원 취업 박람회장에도 가봤고, 해외 취업 박람회라는 데도 기웃거려 봤다. 그래도 무역 협회가 주관하는 행사이니만큼 기대를 한껏 했다. 그러나 채용 박람회란 곳들의 실상은 허접하기 이를 데 없었다. 참가 회사 면면을 봐도 그렇고, 실제 인사권이 있는 임원이 나와서 면접을 실시하는 회사는 반도 되지 않았다. 회사의 중견 사원이 나와 간단한 면접과 이력서를 수집하는 수준이었다. 해외 취업이라 해서 줄을 서서 기다렸다가 면접을 보았는데 몇몇 일본 중소기업이 명목상으로만 면접관을 파견하여 면접을 치렀고 심지어 어떤 곳은 이력서만 접수하기도 했다.

이왕 갔으니 두어 군데 면접을 보고 마지막 한 군데만 더 들러보고 집에 가야겠다고 생각하는 찰나에 박람회장 입구 쪽이 갑자기 소란스러워졌다. 고개를 돌려보니 정부 관계 부처의 차관인지 국장인지 하는 사람이 부하 직원과 행사 책임자 등 여러 명을 몰고 입구 쪽으로 여유만만하게 들어오고 있었다.

박람회 입간판 앞에 멈춰서 사진 몇 장 찍고 일본 업체 한 곳 한국 업체 한 곳에서 사진 한 장씩 찍고 의례적이고 간단한 질문 몇 개 던지고, 그 두 회사의 면접관들이 하는 얘기에 고개 몇 번 끄덕이더니 마지막 사진 한 장을 더 찍고는 자리를 떴다. 구직자들의 줄이 제일 긴 업체 앞에서 늘어서 있는 구직자들 모습을 알뜰히 카메라에 담아 가는 것도 잊지 않았다. 저렇게 찍어간 동영상이나 사진들은 오늘 저녁 뉴스나 내일 조간신문에 한 장면 실릴 것이었다. 경력 있는 중장년층의 재취업 및 사회 복귀를 위해 뛰고 있는 정부, 또는 불철주야 노력하는 관계 부처, 뭐 이런 제목이겠지. 참석 회사 숫자와 구직 방문자 수 그리고 취업 성공 사례까지 실릴 수도 있다. 그 순간 어렵겠구나, 싶었다.

해외 취업이라. 지난해 물거품이 된 이라크 프로젝트가 또 떠올랐다. 위험한 지역이긴 했지만 내게는 기회의 땅이었다. 생명보험을 큰 거 하나 들어놓고 나갈 계획까지 세웠으니까. 아, 그 기회가 정말 '딱'이었는데. 다행인지 불행인지 그 기회가 무산되었고, 그래서 나는 여기 취업 박람회에 와서 면접 줄에 서 있는 것이었다.

말이 취업 박람회지 좋은 알짜 회사나 유수의 외국 업체들이 참가하는 채용 박람회라 상상하고 가면 큰 오산이다. 관계 부처 올 한 해 업적으로 한 줄 근사하게 장식하기에 딱 알맞은 이벤트일 뿐. 국내 몇 개 업체와 외국 기업 몇몇 업체가 참가하고, 취업 희망 방문자 수 등이 그럴듯하게 포장되어 기록되고 또 발표될 것이다. 중장년층의 일자리 창출에 끊임없이 노력하는 무슨 기관, 단체 등등의 이름으로. 내실도 없는 이벤트를 기획하고 실행하여 올 한 해의 업무 실적으로 치부될 한 줄 기록을 위해 동원된 개미들, 나도 그중 한 마리가 된 듯해서 찝찝한 기분을 내내 털어낼 수가 없었다.

아는 사람 만날까 봐 고개를 푹 숙이고 한 군데 면접을 더 보고 박람회장을 막 나오는데 오른쪽 구두 바닥이 찌그러진다. 고개를 숙여 살펴보니 구두 우레탄 밑창이 안쪽부터 으스러지고 있었다. 픽, 웃음이 났다. 그래도 그것도 면접이라고, 끝나고 난 뒤에 구두가 깨져서 다행이네. 마침 가까운 데 다이소가 있어서 들어가 2천 원짜리 우레탄 슬리퍼를 사서 신고 전철을 타고 집으로 돌아왔다.

경력직으로 제대로 된 회사에 취업이 불가능하다는 건 최근 3~4개월 사이에 충분히 공부한 상태였다. 그 사이 생활고는 최악이었다. 그러던 중 친한 친구에게서 연락이 왔다. 왜 그리 연락이 없냐고 야단도 맞아가면서 곧 있을 친구들 모임에 나가기로 약속을 했다.

오랜만에 모임에 나가 친구들을 만나니 반가웠다. 하지만 간만에 모임에 나온 나에게 근황을 묻는 친구가 하나도 없었다. 내 사정을 대강들 전해 들어서 이미 알고 있는 탓이었으리라 싶어 다른 덕담이나 하면서 1시간쯤 지났을 무렵이었다. 나에게 모임을 알려준 그 친구가 모두의 앞에서 선언했다. 다음 달부터 주유소에서 기름 넣어주는 주유원으로 일할 예정이라고 했다. 그 얘기를 듣는 순간 머리를 망치로 얻어맞은 느낌이 들었다. 친구의 노력과 겸손함이 부러웠고, 자기 모습을 숨김없이 드러내는 솔직함도 부러웠다. 이도 저도 아닌 나 자신이 부끄러워졌다.

그 순간 나는 속으로 결심했다. 나도 무슨 일이든 하자. 생존을 위해서. 그게 경비원이든 미화원이든 무슨 상관이랴.

물론 그 친구처럼 모두의 앞에서 호방하게 얘기는 못 했지만, 술자리가 돌면서 나중에 그 친구 옆에 앉게 되었을 때 그에게 나직이 얘기했다. "네가 부럽다. 나도 다시 한번 눈높이를 낮춰서 바닥부터 뒤져 봐야겠다."라고 하자 그는 내 손을 잡으며 "그래, 우리 아직 늦지 않았어."라고 말해 주었다. "우선은 움직이는 게 중요하다고 생각해."라고 하는 그의 손이 듬직하고 부드러웠다. 순간 눈물이 핑 돌았다.

그 친구와 악수하며 헤어지고 나서 2달 후, 나는 아파트 경비원이 되었다.

4

경비원 되기 12개월 전 :
필사즉생, 이라크 프로젝트

2017년 여름

하루하루 사는 게 아니었다.

구차했다. 이제 그만 떠나자.

이를 악물었다. 눈물도 나지 않는다.

뒷산에 올랐다. 평일 낮이니 인적도 드물다. 옛날 사회 생활할 때 매고 다니던 넥타이를 몇 장 들고 후미진 곳을 찾아다녔다. 그러나 어디에나 드문드문 등산객이 꼭 있었다. 이왕 올 거면 한밤중에 다시 와야지 싶어서 터덜터덜 산에서 내려왔다.

힘이 빠질 대로 빠진 채 집에 돌아오니 집사람이 없었다. 오늘 일 나가는 날인가. 밥때도 좀 지났고 해서 습관적으로 냉장고를 열어

보니 시장기가 훅 났다. 그러고도 배가 고파진다는 사실에 픽 웃음
이 나왔다.

그때 갑자기 우우웅, 우우웅, 식탁 위에 올려 둔 휴대폰이 진동으
로 운다. 보나 마나 만나자는 친구 놈들이겠지 싶어서 그냥 엎어두
려다가 전화 온 곳을 언뜻 보니 진우 선배였다. 학교 4년 선배님. 지
난 모임에서 일자리 부탁을 해 놓았던 터였다.

"네 선배님, 접니다."

이 선배 동기분이 건설 자재 공장을 크게 한다는 얘기는 예전에
전해 들어 알고 있었다. 그런데 그 양반 회사가 중동 진출 계획을 세
우고 있다고, 나에게 그 현장에 나갈 생각이 있느냐는 것이었다.

"아 형님, 당연히 나가야죠. 중동 어디랍니까?"

"그게, 이라크라는데, 그게 말이야…"

조심스럽게 이어가는 그 선배의 말을 중간에 끊으며 들어갔다.

"가겠습니다. 당연히 가야죠, 형님."

우리나라의 한 재벌기업이 이라크 정부로부터 신도시 건설 프
로젝트를 수주했고 선배의 동기분이 경영하는 회사가 그 일부 구간
의 하청 업체로 참여한다고 했다. 이력서를 깨끗하게 써서 그 선배
친구분 회사로 찾아갔다. 회장님 방이 큼지막하고 넓었다.

"아, 너구나. 그래 이번에 나 좀 도와줘. 건설 쪽에 있었다고?"

"네, 70년대 후반부터 좀 있었습니다."

"우선 우리 전무부터 만나봐."

그는 인터폰을 들었다.

"그래, 강 전무 좀 올라오라고 해."

그렇게 해서 건설 프로젝트를 총괄하는 강 전무와 만났다. 나이로 나보다 열 살쯤 아래인 그는 키는 작지만 호인 풍의 인물이었다. 그는 1970~80년대 건설 부흥 시절의 경력을 가지고 있던 나에게 은근한 호감을 가지고 있었고 나중에 몇 번 만나고서는 나의 건설 무용담을 재미있게 들어주곤 했다.

"저, 선배님…"

그는 첫 만남부터 나를 선배라고 불렀다.

"죄송한데요, 사실은 몇 분이 면접을 먼저 봤거든요…"

나는 손사래를 치면서 그의 말을 막았다.

"낙하산이라고 신경 쓰지 마세요. 객관적으로 판단하시면 좋겠습니다."

3일 후, 회사에서 연락이 왔다. 최종 합격이 되었다고 했다. 이라크 현장에서의 내 직책은 원청 회사와의 업무 협조를 겸한 공무 부장 자리였다. 연봉은 현지 위험 수당을 포함하여 정해지는 중이었고, 1년 단위로 계약을 하고 현장에 투입되어 1년 후 근무 기간을 연장하는 조건이었다. 내가 경비원이 되기 꼭 1년 전 일이다.

그 당시 이라크는 지구상에서 가장 위험한 곳 중 하나였다. 세계 최대 원유 보유국이면서도 총격이나 자살 테러가 끊이지 않는 위험한 국가로 전락해 있었다. 직원을 이라크에 출장 보내려면 위험 수당을 추가로 얹어줘야 했다. 그럼에도 불구하고 나는 그곳에 가길 희망했다. 어차피 매일매일 극단적인 선택의 기로에 서 있던 아슬아슬한 시기였다. 나로서는 찬밥 더운밥 가릴 때가 아니기도 했고, 또 그만큼 치안이 불안하고 위험한 지역의 건설 현장이었으니 나이 많은 나에게까지 차례가 온 것이었다. 벽만 바라보며 무력한 식물인간으로 멍하게 있느니 차라리 지옥에라도 가 보자는 마음이 되었다.

건설 회사 근무 경력과 외국어를 구사한다는 점들이 받아들여져서, 1개월 후 그 회사의 해외현장 계약직 직원으로 입사함과 동시에 이라크 건설 현장 파견 절차를 밟기로 결정이 되었다. 준비해야 할 서류도 많았다. 우선 이력서, 주민등록등본 등 입사 서류, 해외 주재 절차를 위한 여권과 비자 발급 관련 서류, 그에 더해 위험한 현장이었으므로 생명보험 가입 절차도 밟아야 했다. 가능한 한 큰 액수의 보험으로 들어줄 것을 회사에 요청했다. 이제 한 달 후면 출국 비행기 편 예약에 들어갈 것이고 정식 입사 시기는 떠나기 열흘 전이될 것이라는 통보를 받았다. 1년 단위 기간제 계약직이었지만 현장에서 업무 수행만 성공적으로 마치고 돌아오면 회사 내에서의 자리차지도 바라볼 수 있는 것 아니겠나, 하는 희망 사항을 가졌다. 이제

지옥으로든 불구덩이로든 떠날 일만 남았다.

그러나 가장 어려운 절차가 하나 남아 있었다. 가족의 지지와 동의를 받아야 하는, 특히 집사람을 설득해야 하는 일이었다.

집사람은 연애 시절부터 바라기 형이었다. 건설 회사와 무역 회사에 근무할 때부터 해외 출장이 잦았던 나를 늘 기다리고 바라봐 주었다. 나는 출장 스케줄이 잡힐 때마다 그런 아내를 달래야 했다. 이제 집사람을 어떻게 설득할 것인가. 매우 어렵고 곤란한 일이었다. 하지만 앞뒤 가릴 여유조차 남아 있지 않을 만큼 상황은 절박했다. 일반인들은 몰라서 그렇지 현장 영내 생활만 할 거니까 외부 세계의 위험으로부터는 절대 안전하다고 설득을 해 볼까. 사실 나 자신조차 동의할 수 없는 얘기였다. 그렇게 혼자 리허설을 한다고 부산을 떨고 있는데, 대학 동창 모임이 있다고 연락이 왔다.

사정이 어려워지면서 웬만하면 잘 나가지 않던 동창회였지만 이번에는 오랜만에 나갔다. 친구들은 요즘의 피폐해진 내 소식을 대강 전해 들었는지, 궁금 반 염려 반으로 최근의 근황을 묻거나 위로의 덕담을 보내왔고, 이라크 현장은 위험하지 않겠느냐고 염려해 주었다. 나는 현지 사정이라는 것이 대부분 부풀려져서 외부로 전해지기 때문에 그렇지, 실상은 그렇게까지 심각하지는 않다고, 내가 가는 지역은 치안이 보장된 지역이어서 나 자신도 그런 면에서는 전혀 걱정하고 있지 않다고 말했다. 그래도 다들 걱정이 많았다.

다음 날 아침, 이제는 집에 얘기해야겠다 싶었다. 아내에게 어떻게 화두를 꺼내면 좋을까 연구 중이었는데, 어제 모임에 참석하지 않았던 다른 친구에게서 전화가 왔다. 몇 년 전까지만 해도 중동지역의 모 건설 회사 주재원으로 있었고, 최근에도 사우디 지역에 출장을 오가는 이른바 사우디통 친구였다. 그는 다른 친구로부터 내가 곧 이라크 건설 현장으로 떠날 것이라는 소식을 전해 들었다고 했다.

"네가 그 현지가 얼마나 위험한지 몰라서 그래. 절대로 가면 안 된다."

그는 얼마 전에도 중동지역 출장을 다녀왔다고 했다. 그 기간에도 자살 테러 사건이 일어났고 민심이 흉흉하고 살벌했다고 나의 이라크행을 적극적으로 만류했다. 통화가 길어지다 보니 나중에는 거꾸로 내가 그 친구를 설득하는 입장이 되어가고 있었다. 그러나 그는 내 상황을 잘 모른다. 나는 지금 물이 마른 화병 속에 꽂힌 바스러지기 직전의 화초 같다. 위험을 무릅쓰고라도 화병에서 탈출해 물 있는 곳까지 가 보기라도 하고 죽자는 절박한 사정을 그가 알 리 없다. 그날도 결국 아내에게는 말도 못 꺼내고 말았다.

다음 날 회사로부터 전화가 왔다. 나의 출국 수속을 밟아 주고 있는 인사부 여직원이었다.

"전무님 지시로 전화드리는데요. 어제 현지 원청 업체로부터 해당 프로젝트가 무기 연기되었다는 연락이 들어왔대요. 부장님의 이라크 파견 계획이 일단 홀딩 되었다는 점 전해드리랍니다. 다음 주 수요일 오후 2시쯤 사무실로 나오시라는데 괜찮으신가요?"

온몸의 힘이 쭉 빠졌다.

약속된 날짜에 회사를 방문했다. 전무는 대단히 침통해 보였다. 입술 한쪽이 허옇게 물집까지 잡히고 표정도 상당히 굳어 있었다. 대형 건설 프로젝트는 규모가 작은 하청 업체로서는 회사의 명운이 좌우될 수 있는 중요한 사업이다. 그런 큰 프로젝트가 무산될 위기 라면 담당 전무로서는 충분히 밤잠을 설칠 일이었다. 아직 확정된 것은 아니니 며칠 더 기다려 보자는 그의 얘기를 뒤로하고 사무실을 나왔다.

건설 수주 전쟁에서 발 한번 삐끗 디디면 제2의 기회는 없다. 하 청 업체로 들어오고자 하는 건설 회사들이 줄지어 서 있는데 두 번 다시 차례가 오겠는가. 터덜터덜 집으로 돌아오는 전철 안에서 긴장 이 풀어져서 그랬는지, 졸다가 두 역이나 지나쳐서 내렸다.

며칠 후 이라크 프로젝트는 최종적으로 막이 내려졌다. 이제 내 가 이라크에 못 나가게 된 것은 이제 기정사실이 되었는데, 이라크 행 좌절이 나에게 행운이 될지 불운이 될지는 알 수 없었으나 나의 개인적인 행불행과는 상관없이 세상은 초침 단위로 정밀하게 흘러 가고 있었다.

새삼스레 뒤를 돌아보니 살아오면서 제일 아까운 것은, 잘 나간

다고 착각하고 있던 시절, 그 짧지 않은 세월 동안 휘청거리며 흘러
버린 시간이었다.

5

경비원 취업 후 1차 관문 :
벙어리 삼 개월의 수습 기간

2018년 8월 하순

오전 초소 근무 중이었는데 관리실로부터 인터폰이 들어온다.

"최 대원님, 내일 경비대원님들 추동복 주문 들어가거든요. 대원님 상의 사이즈는 어떻게 입으시죠?"

"네, 100 사이즈 입습니다."

"그럼, 그렇게 주문 넣겠습니다. 수고하세요."

"네, 수고하십시오."

같이 입사한 경비원들 중 2주를 채우기 전에 해고된 동기도 있었다. 이유는 잘 모르겠으나, 어딘가 결격 사유가 있는 듯했다. 신원 조회 과정에서 폭행이나 절도, 성범죄 등의 전과가 밝혀지면 무조건 탈락이다. 경제 사범이나 신용 불량자의 경우는 직장에 따라 그 기준이 다른데, 나는 전 직장에서 경비원 입사 2주 만에 탈락했다. 월 급여를 받을 내 이름의 은행 통장이 없었기 때문이다. 그런데 아직 8월 하순인데도 불구하고 벌써 추동 경비원복 주문이 들어간다는 건 지금까지의 근무 자세로 보아 나는 일단 합격이라는 중간 통보다. 먼저 근무하던 아파트에서의 중도 탈락 사건 때문에 마음 한구석에는 불안감이 계속 자리 잡고 있었다. 일단 그 첫 번째 관문을 통과했다는 것이니 몸이 두둥실 뜨는 기분이었다.

한 달 전, 나는 다른 아파트 경비원으로 채용이 되어 근무를 시작했다. 집에서 전철로 세 정류장쯤 위치한 200가구 남짓한 소형 단지에서 격일로 일했다. 단지 내에 나무가 많아 공기도 맑고 쾌적한 점이 무엇보다 좋았다. 관리소장은 첫 면접을 보는 자리에서 나를 뽑겠다고 결정을 내려주었다. 그것이 고마워 지금도 종종 그 키 작은 소장님 얼굴이 떠오르곤 한다.

근무 시작한 지 12일째 되는 날 관리 회사 인사과장이 경비 초소에서 근무 중인 나를 찾아왔다. "관리소장님 이하 모든 직원들은 회사 규정상 신용 보증 보험에 가입하게 되어있는데, 대원님은 결격 사유가 발견되어 신용 보증 보험에 가입이 불가한 상태입니다. 이번 주까지만 근무하시는 것으로 이해 부탁드립니다." 내가 무슨 대답을 하겠는가. 아얏소리도 못 하고, 2주도 못 채우고 나왔다.

그런 뼈아픈 경험이 있었기에 이곳 새로운 근무지에 와서도 내내 마음을 졸이고 있던 차였는데 근무 한 달도 채우기 전에 내가 입을 가을 겨울 근무복 주문이 들어간다는 소식으로 마음이 한결 가벼워졌다. 이제까지는 일단 합격이다. 오는 가을에도 최선을 다하자. 가벼워진 마음에 오전 근무 시간이 후딱 지나갔다.

점심 식사 후 오후 초소 근무를 계속하고 있는데 한 남성이 찾아왔다. 50대 후반쯤의 작은 키, 땅콩형의 가무잡잡한 얼굴이 다부져 보였다.

"말씀 여쭙겠습니다. 여기서 반장님처럼 경비원으로 일하려면 어떻게 해야 하나요?"

"아, 예. 보안실 팀장을 찾아가셔서 이력서와 경비원 신임 교육 이수증을 제출해놓고 가시는 게 좋겠습니다. 그러면 차후 충원 계획이 있을 때 연락을 드립니다. 여기 말고 다른 곳을 원하시면 인터넷 구인 구직 사이트에서 경비원 쪽을 찾아보시면 됩니다."

"잘 알겠습니다. 수고하세요."

그의 표정에서 단단한 결의가 엿보였다. '네, 행운을 빕니다.'

오전에 주문에 들어간 추동복을 입게 될 때쯤이면, 3개월 수습 기간이 거의 끝나갈 무렵이다. 그때가 되면 나도 웬만큼 경비원티가 날 것이다. 여기가 지금의 나에게는 최선의 위치. 하루하루 최선을 다할 뿐 그 이외의 것들은 쳐다보지도 생각하지도 않는다.

두 달 전, 경비원 신임교육 학원 앞에서 수강비가 없어서 서성대던 내 모습이 불현듯이 떠올랐다. 십만 원이 넘어가는 수강비도 수강비였지만 교육까지 받아가며 기어이 경비원이 되어야 하나, 지금 나에게 다른 선택의 여지는 없을까, 하고 한참을 망설였다. 그런 나에게 의심스러운 눈초리를 던지던 수납창구 여직원이, 강의실 안으로 향하는 다른 수강생들 뒤로 몸을 숨기던 구차한 내 몸짓이, 다시금 떠오르는 것이다.

6

경비원 취업 후 2차 관문 :
369…369.

경비원복을 입은 지 어느새 2년이 넘어간다. 처음에는 경비원만 되면 더 바랄 것이 없을 것처럼 간절했다. 생존을 위해서였다. 그러나 크든 작든 인생의 모든 이룸은 새로운 시작을 의미할 뿐이다.

1차 관문인 삼 개월의 수습 기간이 지나고는 날아갈 듯한 기분이었다. 숨죽이고 벙어리로 귀머거리로 살았다. 그러나 그 홀가분한 기분도 그리 오래가지 못했다. 두 번째 계약 기간 만료 시점이 어느새 코 밑까지 다가온 것이다. 2차 관문의 시작이었다. 다른 임시 계약직들은 어떤지 잘 모르겠으나 여기 경비원들은 삼 개월마다 근로 계약서를 쓴다. 계약 기간이 1년은 고사하고 6개월도 아닌, 단 3개월이다. 3개월짜리 임시 고용직이다. 가령 1월 초에 고용 계약서를 쓴다면 3월 말에는 그 계약이 종료된다. 계약이 연장되지 않으면 자동 정리 대상, 정확히는 해고나 권고 사직이 아닌 합법적인 계약 만료다.

　같이 근무하는 경비원들도 서로 말은 안 해도 누구나 전전긍긍한다. 모범적인 일꾼도 요령만 살살 피우는 재간꾼도 모두 마찬가지다. 성실한 사람은 성실한 대로 뭐라도 꼬투리 잡힌 게 없는지 뒤돌아보게 되고 요령꾼은 요령꾼대로 뜨끔뜨끔할 것이다. 언제 무슨 일로 정리 대상이 될지 그 누구도 장담할 수 없는 노릇이다.

　내가 근무 기간 3년을 채우게 된다면 그건 3개월짜리 근로 계약서를 열 차례 갱신해왔다는 것을 의미한다. 경비원으로서의 3년은 거저 3년이 아니다. 3개월마다 2차 관문이 계속 반복된다. 특히 연말의 관문은 보다 엄중하고 살벌하기까지 하다. 관리실의 지침에 따라 정리 대상이 가려진다. 개인별 근무 태도는 물론이고 입주민으로부터의 민원 대상자였다든지, 아니면 무슨 연유였든지 간에 시말서나 사유서를 쓴 적이 있는지, 그 횟수는 얼마나 되는지, 등등으로 평가가 이뤄진다.

　그러나 아무리 성실하게 근무하고 사유서 한 장 쓴 적 없다 하더라도 마지막 불가항력의 관문이 여전히 버티고 서있다. '연령 제한'이 그것이다. 이번 연말에는 만 몇 세 이상 고령자 대원들을 모두 정리하겠다, 하는 말은 해마다 나오는 단골 메뉴다. 작년에는 그러다가 한 사람만 정리 해고가 되는 선에서 멈췄지만 올해도 그러리란 보장은 없다. 올 연말에는 아마도 서넛의 대원들이 아얏소리 한마디 못 하고 모두 경비원복을 벗게 될 것이고, 거기에는 반드시 나도 포함될 것이다. 어쩌면 작년 연말에 옷을 벗었어야 할 사람이 1년 더 근무하고 있으니까, 이건 덤인지도 모른다.

3개월마다 반복되는 이 끝없는 2차 관문이 경비원을 최소한의 권리조차 주장할 수 없는 을로 만들어 낸다. 내가 근무하는 이곳은 3천 세대가 넘는 대단위 단지여서 그나마 체계가 잡혀 있음에도 불구하고 그 '절대 을'의 위치에는 변함이 없다. 2장에서는 경비원으로서 항상 마주해야 할 3차 관문에 대해 쓰고자 한다.

2부

경비원의
하루

아침에 출근해 경비원복을 입는 순간 나는 다시 태어난다. 투명인간으로. 경
비원 복장을 하는 순간부터 자기 감정이나 자존감 부스러기 같은 걸 자신에게 남
겨두어서는 안 된다.

1

갑질본색(1) :
무단 폐기물 보라색 캐리어

2018년 9월

〈영웅본색〉이라는 홍콩 누아르 영화가 있다. 주윤발이 성냥개비를 씹으며 나오는 그 영화. 그 주윤발이 큰형님 '따거'라 부르는 큰형님 적룡. 적룡은 이 영화에 출연할 때쯤엔 이미 나이가 들어서 대머리 따거로 나오지만, 그보다 훨씬 전인 1960년대 후반 중국 무협영화의 전성시대에는 왕우 주연 〈외팔이〉, 강대위 주연의 〈복수〉 등에 출연할 때만 해도 같은 남자가 봐도 질투가 날 만큼 키도 크고 잘생긴 꽃미남이었다. 내 기억에는 웃을 때 한쪽 보조개도 들어갔던 듯하다. 나도 눈썹이 진하고 입술이 붉었던 한 때가 있었듯이.

나는 지금 〈갑질본색〉이라는 영화의 조연을 맡고 있다. 더 정확히 얘기하자면 갑질본색 주연의 상대역이다. 갑질, 이것은 재벌 2세

들만의 단어가 아니다. 내가 경비원으로 있는 이 수도권의 아파트 단지는 4천여 세대가 입주한 대단지다. 준공 후 10년 가까이 되었고 20평과 30평형이 대부분을 차지한다. 굳이 서열을 따지자면 고급 아파트와 서민 아파트의 중간쯤 가겠다. 하지만 여기 사는 입주자들의 대부분은 나름대로 자부심이 상당히 강하고 주변의 오래된 서민 아파트를 아래로 보는 경향도 다분하다.

[오전 2시]

순찰을 나간다. 내 담당 구역을 돌아 쓰레기 분리수거장 쪽으로 가다 보니 구석에 여행용 캐리어 한 개가 몰래 나와 있다. 크기로 보아 수거료 3천 원짜리. 그런데 저 캐리어, 낯이 익다. 어디서 봤더라… 생각이 날 듯 말 듯하다.

[오전 2시 30분]

순찰을 마치고 초소로 돌아와 안으로 들어서는 순간, 생각이 났다. 맞다 그 가방. 며칠 전 야간 근무 때 102동 지하 주차장 순찰을 마치고 옥상 순찰을 위해 지하 1층에서 엘리베이터를 탔다. 1층에서 엘리베이터가 서더니 재킷 차림의 좀 왜소해 보이는 40대 남성이 큰 여행용 캐리어를 끌고 들어 온다. 안녕하십니까, 하고 인사를 건네자 그는 쑥스러운 듯 "아, 네…"하고 짧은 답을 했다. 항공사 딱지가 덕지덕지 붙은 보라색 여행 가방. 미루어 짐작건대 해외여행이

잦은 비즈니스맨인 듯. 보라색 캐리어라니 취향이 독특하시네…

보통 입담이 좋은 경비원 같으면 "어디 출장이라도 다녀오시나 봐요." 하고 간단한 인사 정도 건넸을 법하지만 나는 그런 편은 못 된다. 두 남자가 엘리베이터에서 멀뚱멀뚱 있다가 그 양반은 중간에 내리고 나는 맨 위층까지 올라가 옥상 순찰을 다녀왔다.

그래, 그 가방이다. 그 남자가 몇 층에서 내렸더라. 저층은 아니고 9층 아니면 10층, 기껏해야 11층. 그 이상은 아니다, 확실히. 이쯤 되면 대형 폐기물을 무단 폐기한 집 찾아내는 일은 그리 어렵지 않다.

시간은 밤 11시에서 12시 반 사이. 장소는 102동 1-2호 라인 엘리베이터. CCTV만 확인하면 끝나는 비교적 간단한 작업이다. 새벽이 밝기를 기다려 관제실에 판독을 의뢰했다. 15분도 안 걸려서 연락이 왔다.

어젯밤 23:55, 한 남성이 문제의 가방을 끌고 102동 10층에서 엘리베이터를 타고 1층에서 내렸고, 5분 후 빈손으로 다시 엘리베이터에 올라서 10층에서 내리면서 오른쪽으로 들어갔다. 빙고, 범인은 102동 1001호다.

새벽부터 입주자에게 인터폰을 하는 것은 실례이므로 오늘은 일단 퇴근한다. '내일 출근해서 인터폰으로 연락할 것'이라고 메모해 둔다. 몰래 폐기하느라 수고하신 입주자님, 내일 뵙겠습니다. 씨유 투모로우.

다음날, 9시가 넘기를 기다렸다가 인터폰을 한다. 누구세요, 하는 사내아이의 목소리가 들린다.

"안녕, 엄마 안 계셔?"

"계세요."

"바꿔 줘."

그는 대답도 없이 "엄마!"하고 외친다. 잠시 후, "여보세요?" 하는 젊은 여성의 목소리가 들린다.

"아, 네, 안녕하세요. 여기 경비실인데요…"

"……"(그런데요?)

"다름이 아니라 폐기장에 나와 있는 여행용 캐리어가 댁의 것 같아서 전화드렸습니다."

"네? 저희 그런 거 없는데요."

"보라색 여행용 캐리어인데요."

"모르겠는데요."

"그저께 자정 무렵 버리시지 않았나요?"

"……"

"확인이 필요하시면 관리실로 오세요. CCTV를 확인시켜드리겠습니다."

"……"

"여보세요?"

재차 묻는 이쪽 질문에 잠시 침묵이 이어지더니 그는 다짜고짜 말한다.

"얼마예요?"

"네, 규격을 보니 3천 원짜리 수거료 납부 스티커를 구입하셔야 합니다."

"알았어요."

인터폰을 그냥 끊으려는 분위기다.

"여보세요?"

"알았어요. 나중에 경비실로 내려갈게요."

그는 '나중에'라고 할 뿐, 사과도 없고 변명도 없다. 그러나 그날 근무하면서 내내 기다려 보아도 종내는 무소식이었다. 저녁까지 10여 차례에 걸쳐 인터폰을 시도했으나 역시 받지 않는다. 저녁 9시가 넘어서는 나도 연락을 포기했다. 시급한 용무가 있는 예외적인 경우를 제외하고는 늦은 시각에 입주민에게 인터폰 연락을 하는 행위는 자제해야 한다. 내일 나의 근무가 새벽 6시 반에 끝나니까 내일도 글렀다. 모레가 마침 토요일이다. 주말을 기대하며, 굿나잇.

토요일 09:40, 인터폰을 하자 느릿한 음성으로 "여보세요." 하는 그의 목소리가 들려온다.

"아, 안녕하세요. 아침 일찍 죄송합니다. 여기 경비실인데요, 여행 가방 폐기 수거료…"

"알았어요."

이대로 대화가 끊어지면 다시 하세월이다. 저쪽 인터폰이 끊어지기 전에 말을 이어야 한다.

"잠깐만요, 혹시 바쁘시면 저희 대원을 올려 보내겠습니다."

"근데 그거 꼭 내야 되는 거예요?"

"아, 예. 수거료 납부 스티커를 붙이지 않으면 수거업체가 가져가지를 않습니다. 수거료는 시에서 정해진 대로고요."

이런 설명까지 해야 하나, 싶다.

"그러세요, 그럼."

봐준다는 말투가 흘러나온다. 누가 누굴 봐주는 건지 알 수가 없다.

"네, 감사합니다."

"잠깐만요 아저씨. 우리 만 원짜리밖에 없어요. 거스름돈 준비해서 오세요."

"네, 감사합니다."

하하하, 헛웃음이 나온다. 돈 3천 원에 경비원의 목숨을 건다. 그는 어떻게 생겼을까. 혹시 일자 눈썹 순악질 여사가 아닐까. 아니면 날카로운 매의 눈을 가진 매서운 인상일까.

근린 상가의 슈퍼에서 만 원짜리를 천 원짜리로 바꿔서 102동 1001호를 찾아간다. 말이 나왔을 때 해야지 시간이 지나서 갔다가는 그새 맘이 바뀌어 무슨 트집이 잡힐지 모르는 일이다. 그에 대한 나의 신뢰는 그만큼 무너져 있었다. 하긴, 아파트 경비원의 신뢰를

얻는다는 게 어떤 의미가 있을까. 허허, 다시 헛웃음이 나온다.

캐리어를 버리러 내려오던 그 남자를 처음 만났던 엘리베이터에 오르면서 나는 스스로 최면을 걸었다. '나에게는 감정조차 사치다. 나는 감정이 없는 로봇이다.' 10층에서 내려서 오른쪽으로 향한 후 초인종을 누르고 그가 나와서 만 원짜리 지폐를 주면 준비해 간 거스름돈 칠천 원을 주고 바로 엘리베이터를 타고 내려오면 끝이다. 아무 말 할 필요도 없고 상대방과 눈을 마주칠 필요도 없고 그저 기계적으로 움직이면 된다.

초인종을 누르자 놀란 듯 개가 짖어댔다. 그래, 하고 싶은 말은 많지만 필요 없는 말, '개소리'를 하지 말자, 제발. 조심스럽고 황송한 자세로 벨을 한 번 더 누른다. 다시 개 짖는 소리가 난다. 이런 가족과 사는 개는 어떤 모습을 하고 있을까. 몸이 보라색인 건 아니겠지. 잠시 후 문이 요만큼, 접은 신문지 한 부가 들어갈 만큼 정말로 '요만큼'이라고 해야 할 정도만 빼꼼, 하고 열렸다. 경비원복을 입은 나를 확인하고는 만 원짜리 지폐 한 장을 그 사이로 나의 코앞에 내민다. 미안하다 죄송하다 가타부타 말 한마디가 없다. '바쁘신데 올라오시게 해서 죄송…'까지는 바라지도 않았다.

그렇게 요만큼 문틈을 통해 그 입주민의 얼굴을 본 순간, 나는 망연자실하고 말았다. 시집간 우리 딸애보다 서너 살쯤 위일까. 순악질 여사는커녕 언뜻 보아도 순둥이 애 엄마의 모습이다. 어디로 보아도 독하거나 막 되어 먹은 사람으로는 보이지 않는다는 사실에 더욱 맥이 풀린다. 거스름돈 칠천 원을 건네고는 감사합니다, 하는 말만 남기고, 나는 아직 서 있는 엘리베이터를 얼른 잡아 타고 도망치듯 내려왔다.

폐기물 수거료 삼천 원을 받는 데 사흘이 걸렸다. CCTV를 뒤지고 수없이 인터폰을 하고 결국은 주말 아침에 가정 방문까지 했다. 사람은 참 알 수 없는 존재다. 밤늦은 시간까지 기다렸다가 몰래 폐기물을 버리고는 모른다고 딱 잡아떼다가 CCTV라는 단어를 듣자 그제야 겨우 인정하더니 연락은 이래저래 계속 피하고 하다 하다 안 되니까 거스름돈 심부름까지 시킨다. 그런 그가 나의 딸과 별반 다를 바 없는 평범하고 온순한 인상을 지닌 사람이라는 것이 더욱 서글펐다.

2

갑질본색(2) :
이물질 수거 명령

2018년 9월

디리릭 디리릭, 인터폰이 울린다.

"네, B초소입니다."

"여기 관제실인데요, 지금 106동 802호 방문 부탁드립니다. 집 현관 앞에 이물질이 있다고 민원이 들어왔네요."

"알겠습니다. 근데 이물질이라뇨? 무슨 화학 물질 같은 건가요?"

섬뜩한 느낌이 든다. 뭔지는 모르지만 마스크나 장갑이라도 끼고 가야 하는 게 아닐까.

"글쎄 잘 모르겠는데요, 그냥 이물질이라고만 하네요."

"아 그래요? 잘 알겠습니다. 일단 출동하겠습니다."

건강에 안 좋고 악취도 나고 하는 위험 물질이면 어쩌지. 우선 마스크와 장갑을 주머니에 넣고 초소를 나선다. 그때 상가 슈퍼에서 고등학생 한 명이 콘 아이스크림을 손에 들고 종이 껍질을 까면서 나온다. 그리고 윗단의 껍질을 아무 스스럼없이 길에 흘린다. 여기를 난지도 쓰레기장으로 착각하고 있나 싶을 정도로 아무 죄책감이 없어 보인다. 곧 둘째 단 껍질까지 바닥에 떨어지고 만다. 마치 날 때부터 지금까지 쭉 그래 왔다는 듯 자연스럽다. 입을 벌리고 그를 쳐다보다가, 지금은 이물질 신고를 받고 출동하는 길이니 우선 그리로 간다. 사실 그 아이를 단지 앞에 세워두고 공중 도덕 교육을 시킬 수도 없는 일이고 그렇다고 어린 학생 꽁무니를 쫓아다니면서 떨어진 아이스크림의 껍질을 줍자니 그것도 우스운 광경이겠다.

엘리베이터 8층 문이 열렸지만 몸을 담은 채 고개만 빼고 그 집의 현관문 앞을 살핀다. 다행히 아무것도 없다. 조심스럽게 엘리베이터에서 내린다. 이 동은 801호와 802호가 서로 현관을 마주 보고 있으면서 엘리베이터가 그 사이에 있는 구조다. 마주 보는 그 사이가 넓은 것도 아니어서 아이들 자전거를 2대 이상 내어 두면 민원이 발생하기도 하는 적당히 좁은 공간이다.

아무것도 없는데, 바닥도 깨끗하고, 이물질이라니… 내가 층을 잘못 내렸나. 엘리베이터의 표시를 보니 8층이 맞다. 내가 옆 동으로 잘못 왔나. 확인차 관제실에 전화를 한다.

"네, 현장에 도착했는데요. 이물질이 안 보입니다. 106동 802호 민원 맞습니까? 확인 부탁합니다."

"잠깐만요, 전화 끊지 말고 기다려 보세요. 인터폰 해볼게요."

전화기 너머로 관제실에서 이 집의 입주민과 통화하는 소리가 들려온다. 곧 802호 현관문이 열리면서 40대로 보이는 여성이 나왔다.

"안녕하세요, 이물질 어떤 것을 말씀하시나요?"

"저거요."

가리키는 손을 따라가 보아도 내 눈에는 어떤 위험 물질도 보이지 않는다.

"저거, 어떤 거요?"

"바닥에 저거, 안 보이세요?"

그가 손가락으로 가리키는 방향을 다시 따라가 자세히 보니 하얀 가루 같은 게 구석 쪽으로 조금 흩어져 있다. 자세히 보니 색깔이나 입자의 크기로 봤을 때 그 이물질이라는 건 아무래도 소금 같아 보였다.

"그저께부터 이게 집 앞에 뿌려져 있더라고요, 글쎄."

사실 그게 소금인 것을 확인한 순간부터 어이가 없었다. 그저께부터라니, 누가 고의로 뿌렸는지 실수로 흘렸는지는 모르지만, 집 베란다에 걸린 빗자루를 가지고 나와 쓸어 버리면 될 일이다. 그걸 3일 동안 그대로 방치하고, 관리실에 전화해서 담당 경비원이 뛰어오게 만들고, 본인이 봐도 소금이 분명할 텐데 굳이 이물질이라고 칭하면서 엄중한 분위기를 조장한다. 도대체 왜 그럴까. 우선 현장을 수습하는 게 먼저다.

"아, 예, 마침 오늘 오전 시간 중에 담당 미화원 청소가 있을 예정입니다. 제가 특별히 얘기해서 청소 깨끗이 해 놓도록 하겠습니다. 죄송합니다. 좋은 하루 되십시오."

엘리베이터를 타고 내려오는 동안 사건의 내용이 대략 눈에 보였다. 짐작건대 이웃과의 트러블이 있었고 그게 바로 앞집인지 아랫집이나 윗집인지는 모르지만 그 상대방으로부터 재수가 없다고 소금 세례를 받은 것이다. 바로 그저께쯤. 왕소금이 뿌려져 있었으니 그 심증이 더욱 굳어진다. 그래서 더욱 부아가 끓어 올랐겠지만 제 손으로 직접 왕소금을 치우기는 자존심이 상했을 것이고 심증만 가지고 범인을 지목할 수도 없는 일이고, 그래서 관리실에 전화해서 이물질이 떨어져 있다고 민원을 넣은 것이다. 자칭 이물질, 즉 왕소금이 뿌려진 시점이 그저께부터라고 두 번이나 말한 것을 보면 자기 맘에 집히는 소금 투척 범인이 있어서 CCTV를 돌려보고 싶은 마음도 있었겠다. 어이가 없어서 헛웃음이 다 나왔다.

초소로 돌아오는 길에는 아까 그 학생이 흘린 콘 아이스크림 종이 껍질이 마치 헨젤과 그레텔이 다녀간 것처럼 그의 동선을 따라 일렬로 뿌려져 있다. 어느 집 아이일까. 대한민국의 모든 아이들이 올바르게 자라기를 바라지만, 적어도 내가 몸담은 아파트의 아이들이라도 올바르게 자라 주면 좋겠다는 마음이 간절하다.

3

갑질본색(3) :
초로의 아파트 경비원,
젊은 입주민에게 상해를 당해.

2020년 5월

111동에 전출 세대가 나왔다. 하필이면 쓰레기 분리수거일, 가장 바쁘고 정신없는 날이다. 20층 4호. 사다리차가 필요할 것이다. 20층쯤 되면 밑에서 위로 올려다 봐도 까마득하다. 사다리를 올릴 수 있으면 다행이다. 25층이 넘는 고층은 사다리차로 이사가 불가능하고 바람이 부는 날이면 20층 정도만 되어도 아찔아찔하다. 짐을 부리러 왔던 사다리차가 작업을 못 하고 그냥 돌아가는 일도 있다. 그렇게 되면 엘리베이터를 사용해야 하니 이삿짐 작업자들이 고생을 더 하게 된다.

이삿짐을 빼기 전 대형 폐기물이 있는지 확인하기 위해 전출 세대를 방문한다.

"이사 가세요?"

"아뇨, 집수리를 해야 해서 한 달만 가구하고 짐을 보관했다가 다시 들어올 거예요."

30대 중반의 여성이 주섬주섬 말을 해 준다.

"버리는 대형 폐기물이 있나요? 소파나 매트리스 같은 거."

"네, 이 소파 하고요. 안방 침대 매트리스 하고… 프레임은 안 버려요. 그리고 책장 두 개, 책상 하나, 의자 두 개…"

"이게 다인가요?"

"그리고, 아 참 여기 이불들도요."

"네에, 잠깐만요."

시에서 지정한 수거료 기준으로 계산을 해 보니 대략 사만오천 원이 나왔다.

"사모님, 사만오천 원이네요."

"네에."

그러고 있는데 머리를 짧게 민 남편인 듯한 남자가 우리 두 사람 옆을 지나면서 중얼거린다. 중간 키에 다부진 체격이다.

"에이 시팔, 짐 챙기느라 바빠 죽겠는데 와서 돈, 돈, 에이 쌍…"

내가 잘못 들었겠지 싶어 소리가 나오는 쪽으로 눈을 돌려본다. 아, 인상도 좀 그렇다. 사람 외모 가지고 말하는 건 좀 뭣하지만. 눈이 마주치자 바로 삿대질과 함께 공격이 시작된다.

"아침부터 턱 들이밀고 돈, 돈, 해야 돼?"

잘해야 마흔쯤 되었을까. 너무 어이가 없어서 답할 말을 찾지 못하고 멀뚱하게 서서 눈을 돌리지 못하고 있자 그는 "가라고, 어? 가." 하고 다시 위협해 온다. 옆에 미라처럼 서 있는 그의 아내는 몸이 굳었다. 이러한 모습에 익숙해져 단념하고 사는 표정이다. 나는 부글부글, 몸이 끓어오른다. 욕만 먹고 나오기가 뭣해서 그 자리에 버티고 서 있자 그는 다시 폭발한다.

"에이 시팔, 전화기, 전화기 어딨어. 여보세요, 거 관리실이지, 여기 111동인데 이사한다고 바빠 죽겠는데 아침부터 경비가 와서 돈 내놓으라 지랄하고, 당신들 대체 뭐하는 거야, 어?"

관리실에서도 쩔쩔매고 있는 듯하다. 그가 다시 한 번 욕을 퍼붓는 것을 보다가, 나는 전차에 받힌 모양 그대로 그 집 현관을 털털 걸어 나왔다. 이럴 때는 나는 시체입니다, 나는 투명인간입니다, 하고 자리를 피하는 것이 최선이다. 괜히 어쭙잖게 사태 수습한답시고 거기서 서성대다가 멱살이라도 잡히든지 아니면 주먹이 오갈 수도 있고, 그러다가 다음 날 조간신문 사회면의 한구석을 장식할 수도 있다. '경기도 모모 아파트 초로의 경비원 모모 씨, 젊은 입주민에게 상해를 당해.'하고, 찌그러진 얼굴 사진도 찍히고. 하긴 내가 언어맞지만 않았을 뿐, 실은 언어 폭력을 흠씬 받고 난 터이다.

나오면서 뒤를 돌아보니 그의 아내는 아까 그 자리에서 아직 얼어있는 상태 그대로다. 출가한 우리 딸아이의 모습이 문득 떠오른다. 그나마 착한 사위라 저런 꼴은 안 당하고 살 테니 다행이다. 짐

포장하고 있는 이삿짐 센터 작업자들도 서로 눈치만 주고받을 뿐 말 없이 고개를 숙이고 각자의 할 일만 하고 있다. 관리실에서 나에게 전화가 들어온다. 악성 입주자이니 더 건드리지 말라고. 네. 시키면 시키는 대로 한다. 그래야 대한민국 경비원이다.

사만오천 원은 결국 받지 못했다. 정확히 말하자면 받으러 가지도 못했고 연락 한 번 못 해 봤다. 사실 집 내부 수리를 한다고 살림을 한 달 동안 창고에 보관시켰다가 다시 짐을 들일 정도라면 경제적으로 여유가 있는 집이다. 그리고 적어도 집은 자기 소유라는 건데, 그런 가정을 꾸리고 살면서 대형 폐기물 수거비를 떼어먹고 살아가는 저 남자는 도대체 뭐지? 강심장이라고 해야 할까 철면피라고 해야 할까. 폐기물 수거비는 고스란히 관리실의 몫이 되고 모든 입주민이 함께 분담하게 될 것이다. 4천 세대가 사만오천 원을 나누어 내면 한 세대에 11원꼴인가. 액수와 관계없이 그 사내가, 아니 그 사내와 사는 가족이 안쓰러워졌다.

경비원과 입주민 사이에 분쟁이 생기고 나면 어느 편의 옳고 그름은 중요하지 않다. 무조건 입주자의 승리다. 경비원과 트러블이 있다고 입주자가 이사를 나가는 경우는 없다. 나가는 쪽은 언제나 경비원이다. 말이라도 잘못 덧붙였다가는 그 자리에서 계약 만료다. 당장이 아니더라도 계약이 끝나는 1~2개월 후에는 무조건 연장 없이 계약 만료, 즉 해고다. 정규직이 될 수 없는 모든 사람들의 설움이겠다.

여기서 잘리면 이제 어디를 가겠나. 나이도 그동안 더 들었겠다, 요즘 같은 불경기에 경비원 한 명 모집 광고에 수십 명씩 달려들고, 봉급 많고 좋은 자리는 100대 1까지도 간다는데, 거기다가 더 젊은 친구들도 대기 중이라니. 이 자리라도 국으로 알고 숨죽이고 있어야 한다.

4

연체관리비 독촉장을
전하는 마음

매달 한 번씩 관리비 고지서를 호별로 배달한다.

내가 관리하는 지역이 500세대가 넘어가니까 이 고지서들을 각 세대 우체함에 꽂는 데만 한 시간이 넘게 걸린다. 이때는 이어폰을 꽂고 음악을 듣는다. 관리과장에게 직통으로 걸리지만 않으면 된다. 월급이 나오면 제일 먼저 줄 없는 무선 이어폰을 사서 끼고 다니리라 매번 다짐한다.

관리비 고지서를 돌리는 일은 몸만 좀 고달프면 그만이지만 관리비가 3개월 이상 연체된 세대에 독촉장을 돌릴 때는 남의 일 같지 않아 마음이 아프다.

몇 해 전이었던가, 사실 그 햇수를 세어 보고 싶지도 않다. 거래 은행으로부터 부동산 담보 한도를 최대한 높게 해서 대출을 받았고 그것으로 사업의 승부수를 띄웠다. 그러나 내가 아무리 최선을 다하고 간절히 기도해도 결국 안 되는 일은 안 되게 되어 있다. 게다가 리만브라더스 사태의 후폭풍으로 부동산 가치가 떨어지기 시작해서 몇 개월 지나지 않아 부동산 시세가 반토막이 났다. 은행에서는 대출한도를 낮추겠다고 계속 으름장을 놓았다. 결국 같은 조건의 대출 연장은 되지 않았고 은행이자는 거의 사채이자 수준으로 무지막지하게 불어나기 시작했다. 더욱이 사람 피를 말리는 것은 그 내용이 매일 아침 전화와 문자로 오면서부터다. 아침마다 그날부로 불어난 이자 금액을 알려주는 것이다. 사실 알림이라기보다는 협박에 가깝다. 이래도 안 낼래, 하는 식이다.

시간이 좀 흐른 어느 날부터는 부실채권만 전담하는 신용정보회사로부터 연락이 오기 시작했다. 듣도 보도 못한 제목의 서류가 오고, 외출했다가 귀가하면 현관에 노란색이었던가 푸른색이었던가 다녀간다는 신용정보회사의 고지가 붙었다. 그 딱지를 보게 되는 순간마다 숨이 턱턱 멎는다. 가능하면 아내가 보기 전에 내가 먼저 떼어내느라 온 신경을 다 썼다. 아내도 아내대로 그랬으리라. 하루는 집 앞에 웬 남자가 서성대고 있었다. 나를 보더니 대뜸 신용회사 직원이라면서 명함을 한 장 건넸다. 그의 태도는 은행직원의 그것과는 차원이 달랐다. 간접적으로 압박을 주고 은근히 겁도 준다. 한동안 그러다가 결국은 법원으로부터 아파트 경매 개시통지서가 날아왔다. 아파트 관리비가 몇 달인가 밀리자 아파트 관리실로부터 독촉장이 몇 차례 오다가 결국 온수공급이 중단됐다. 곧 전기도 끊겠다는 경고를 받던 중에 아파트가 경매로 넘어갔다. 이어서 내 명의로 되어있던 다른 동산부동산들도 함께 넘어갔다. 그렇게 집도 절도 없는 빈털터리가 되어버렸다.

길바닥에 나 앉는 건 시간문제였다. 집안 손아래 동생의 사무실 뒤 켠 빈 공간을 막아 구차한 살림방을 마련했지만 열악하기 그지없었다. 당장 입을 옷이며 간단한 최소 살림 가재도구를 늘어놓으니 발 뻗고 누울 자리가 겨우 나올까 말까 했다. 그 후로 한참 끝이 보이지 않는 지하터널을 지나야 했다. 무엇보다도 살던 아파트 현관문에 온수중단 통보서가 처음 붙던 날을 지금도 잊지 못 한다.

연체관리비 독촉장, 이 독촉장은 공동 현관 입구에 있는 공동 우체통을 이용하지 못 한다. 반드시 개별 방문하여 본인이나 배우자에게만 전달할 수 있고 수령증에 성명 날인을 받아야 하기 때문에 입주자와 대면 과정을 거치게 되어 있다. 나는 현관문에 붙은 독촉장을 누가 볼세라 떼기 바빴는데… 그래도 이전보다는 우리 사회가 나아지고 있는 것 같아 다행이다.

사실 독촉장을 전하는 경비원이나 그걸 받아야 하는 입주민이나 서로 미안하기는 마찬가지다. 그들과 대면하게 될 때마다 마음이 좋지 않고 무엇보다도 힘들었을 때의 내가 떠오른다. 나는 과거에 관리비조차 제때 낼 수 없는 입주자의 자리에 서 봤기 때문에 그 심정이나 상황을 손바닥 들여다보듯이 안다. 개중에는 외국을 오가는 경우, 또는 집이 2채 이상이어서 부재중일 때가 많은 경우도 있지만 입주자와 대면해 보면 금세 알 수 있다. 나는 속으로 응원한다. '힘내세요, 다시 일어날 수 있습니다.'

물론 간혹 악성 연체자도 있다. 이 경우에는 담당 초소는 물론이고 관리실도 늘 긴장 상태다. 야간도주의 가능성도 있기 때문이다. 실제로 담당 경비대원이 곤혹을 치른 경우가 전에 있었다고 한다. 하긴, 오죽하면 밤에 도둑 이사를 가겠나.

사람은 궁지에 몰리고 몰리다 보면 마지막에는 평소에 상상도 못 했던 일을 하게 되기도 한다. 세상에 남의 일이란 없는 법. 내 아파트 현관문에 법원 통지문이나 관리비 독촉장과 수도공급 중단 예정 통보서 등이 덕지덕지 붙고, 그러다가 실제로 온수가 중단이 되어 추운 겨울날 찬물밖에 안 나온다고 상상해 보라. 더 심한 경우 전기까지 끊기는 일이 있다고 들었다. 나 홀로 사는 집도 아니고 아내도 있고 애들도 있는데… 그 압박감과 바닥까지 피폐해진 정신세계는 주위 어디를 둘러봐도 기대어 쉴 데가 없다.

어릴 때 집에서 애지중지하던 자기 그릇을 떨어뜨려 깨고는 목놓아 운 적이 있다. 야단맞을까 봐 겁이 나서 운 게 아니었다. 그 물건이 엄마가 얼마나 아끼던 것인지 잘 알고 있었기 때문에 엄마의 슬픔이 슬퍼서 하염없이 울었다. 그런 나의 슬픔을 엄마는 아셨다. 그리고 나를 위로하며 나의 실수를 용서해 주셨다.

지금 내가 목놓아 울면 용서를 받고 먼저 있던 곳으로 돌아갈 수 있을까…

5

새로 온 미화원(1) :
처음 출근하는 사람의 마음

2018년 9월

9월이라 해도 아직 덥다. 초소 안에서 오전 업무 상황을 일지에
기록하던 중, "화장실이 어딘가요."하고, 허름한 옷차림의 초로의
사내가 문가에 서서 작업 중이던 청소 도구를 내려놓고는 머뭇머뭇
묻는다. 보통 키에 약간 마른 듯한 체격, 머리숱은 적지만 나보다는
한두 살 아래로 보이는 남성이다. 아마도 관리실 직원으로부터 청소
작업 중에 용변이 급할 경우 가까운 경비 초소 화장실을 이용하라는
말을 들었을 것이다. 머뭇거리는 모습을 보니 신입인가 보다.

"아, 네 들어오세요."

그는 송구스럽다는 몸짓을 하며 경비 초소로 들어온다. 뒤늦게
나마 조금 나은 사람이 되려고 노력 중인 나는 초소 밖으로 자리를

피해 주면서 한마디 덧붙인다.

"천천히 쓰세요."

미화원은 급여가 얼마나 될까. 한때는 미화원 '이라도' 되어야겠다고 마음먹은 일이 있다. 한참 힘겨운 시기의 어느 날 새벽 창밖에서 대형 차량의 엔진 소리가 났다. 쓰레기 수거 차량이 꽁무니에 미화원 2명을 매달고 들어오고 있었다. 미화원은 많은 사람들의 기피 직종이다. 저렇게 위험천만하게 안전 장비도 제대로 갖추지 않은 근무 여건이라면 위험 수당까지 포함하여 높은 급여를 받아야 하지 않을까. 나에게 기회가 주어진다 해도 잘 엄두가 나지 않는다. 차라리 아파트 단지 내에서 근무하는 미화원이라면 또 몰라도.

사람 좋아 보이는 미화원은 볼일을 보고 나오면서 "제가 처음 출근해서요." 하고 묻지도 않은 말에 답하듯 중얼거리고는 멋쩍게 웃는다.

"네, 그러셨군요. 환영합니다."

오늘 처음 나온 미화원에게는 경비원이 된 지 얼마 안 된 나 같은 초짜조차 노련한 직원으로 보였을지 모를 일이다. 어찌 됐든 간에 쌀쌀맞은 서울깍쟁이로 보였을지도.

그는 먼 하늘을 한 번 바라보며 긴 숨을 한 번 내쉰다. 그러더니 마치 자신의 숙명인 듯 집게를 들어 주변의 담배꽁초, 아이들이 버린 아이스크림 껍질, 잡쓰레기 같은 것을 바퀴 달린 쓰레기통에 넣으면서 천천히 단지 안으로 나아간다. 오늘 처음 이 일을 시작한 그는 입주민들이 아무렇게나 버린 쓰레기들을 주우며 어떤 생각을 할까. 내가 흘러 흘러서 여기까지 왔구나 하는 자괴감을 함께 줍고 있는 건 아닐까. 직업에 귀천이 없다고 모두가 쉽게 말을 한다. 그러나 진정으로 그렇게 믿고들 있을지는 의문이다.

그는 어쩌면 첫 출근이어서 좋은 사람으로 보이는 건지도 모른다. 시간이 지나고 조금 모진 일을 당해도 사람 좋아 보이는 저 인상을 지켜나갈 수 있기를. 자기 자신을 위해서도, 또 이 세상을 위해서도. 그리고 나 자신에게도 간곡히 당부하고 싶다. 지금의 나를 잊지도 말고 잃지도 말기를.

6

새로 온 미화원(2) :
그가 어디서든 대차게 살아가기를

2018년 10월 하순

지난 9월 초에 입사한 그 미화원 양반이 초소로 찾아왔다. 나는 낙엽 정리 작업차 막 초소에서 나가려던 참이었다. 그의 표정은 어둡고 지쳐 보였다. "안녕하세요"하고 먼저 인사를 건네자 그는 "저 오늘 퇴사합니다."하는 뜻밖의 말로 인사를 대신해 왔다.

입사해서 어색한 첫인사를 나눈 게 불과 한 달 전 일인데.

"퇴사요? 왜요, 무슨 일 있으신가요?"

"아니요. 몸도 좀 안 좋고 해서요."

몸이 어디가 얼마나 안 좋은지까지 물어볼 만큼 막역한 사이는 아니다. 회사로부터 해고당한 것일 수도 있다. 이들이나 우리나 하루살이 목숨이긴 마찬가지다. 결국 계약직의 설움이다. 괜히 잘못 물었다가는 실례가 될 것 같고 마땅한 말이 떠오르지 않는다.

"저어, 우선 커피나 한잔하세요."

"그럴까요, 허허."

그는 건조한 얼굴을 구겨가며 웃는다. 초소에 있는 커피라고 해봐야 일회용 종이컵에 믹스 커피를 탄 게 전부지만, 이 사람은 이 커피 한잔이면 아주 융숭한 대접을 받고 간다는 듯 송구스럽다는 표정을 짓곤 했다. 그는 오늘도 그러한 표정으로 커피를 건네받으면서 나에게 물었다.

"경비원 하려면 무슨 교육 같은 거 받아야 되나요?"

아, 이 양반이 이쪽에 관심이 있었구나. 그동안 그나마 제복이라도 입고 있는 경비원들이 부러웠는지도 모른다.

"아, 네, 사전에 신임 경비원 교육을 사흘 받아야 하지요."

"그래요? 그거… 비싼가요?"

"십만 원이 좀 넘죠. 십이만 원 정도 하던데요."

액수를 들은 그의 표정이 일순 더 어두워졌다. 다문 입안에서 혀를 굴리는 모습을 보며, 갑자기 내 콧날이 시큰해졌다. 아, 이 양반에게는 부담스러운 돈이구나. 하긴 몇 개월 전 강의실 입구에서 서성대던 나에게도 그 액수는 감당하기 어려운 큰돈이었다. 그와는 처음 만날 때와 마찬가지로 어색한 인사를 하고 다시 헤어졌다. 그는 그때까지도 뜨거운 커피를 후후 불어 마시고 있었다.

낙엽청소구역에서 다른 대원들과 함께 낙엽을 쓸어 모으다가 문득 그의 모습이 떠올랐다. 연락처라도 알아둘 걸 그랬다. 교육비도 못 낸 채 강의실에서 반쯤 도둑 교육을 받으면서 마지막 순간까지도 망설이던 내 모습과 그의 어두운 표정이 겹쳤다.

다시 만난 일이 없는 그가 어딘가에서 건강하게 지내고 있으면 좋겠다. 기왕이면 내게 물어보던 경비원 자리라도 한 자리 꿰차고 조금은 뻔뻔스럽고 대차게 잘살고 있기를.

7

쓰레기 분리수거(1) :
1 vs 500의 대결

2020년 3월

　내가 근무하는 아파트 단지의 쓰레기 분리수거일은 목요일이다. 격일 2교대 근무니까 2주에 한 번씩 분리수거일이 돌아오게 되는데 그날이 오면 출근할 때 신발 끈부터 단단히 조인다. 새벽 6시 반에 출근해서 밤 11시 반까지 밥 먹는 시간을 제외하고는 쓰레기 분리수거장에 서 있어야 하기 때문이다. 모든 세대에서 나오는 쓰레기를 폐플라스틱, 폐비닐, 유리병, 빈 캔, 고철, 스티로폼 등으로 분리해서 수집해 둔다.

　분리수거일에 배출되는 쓰레기의 절반 이상이 저녁 7시부터 밤 11시 사이에 집중된다. 가장들이 퇴근하고 저녁 식사 후 가족 단위로 함께 쓰레기를 버리러 나오기 때문이다. 아빠와 엄마와 아이들이 각각 쓰레기 봉지와 폐박스 같은 것을 들고 분리수거장으로 나온다. 그러면 '경비원 한 사람 대 오백 가구'의 대결이 시작된다.

정리를 해도 해도 한없이 나오는 쓰레기에 혼자 대처하기란 사실 역부족이다. 끝이 없는 인해전술에 1인 문지기로서는 속수무책이다. 밤 11시가 되고부터는 배출량이 좀 줄어든다. 자정쯤 마무리를 하면서 하루 동안 정리한 쓰레기양을 돌아보면, 저걸 혼자 다 정리정돈 해냈다는 사실을 스스로도 믿기 어렵다. 그만큼 매번 엄청난 양이 나온다.

이날은 느긋하게 앉아 식사할 시간이 없는 것은 물론이고 정해진 식사시간도 없다. 짬이 날 때마다 배를 채워야 버틸 수 있다. 어떤 대원은 분리수거 하는 날엔 시간을 아끼기 위해 주로 컵라면으로 끼니를 때우기도 한다. 그 나이에 급히 먹는 컵라면이 제대로 소화가 될 리도 없다. 아침 6시 반부터 밤 11시 반까지 식사시간만 빼고 꼬박 15시간 이상 계속되는 중노동이다. 이렇게 종류별로 수거해 둔 쓰레기는 다음 날 아침에 수거 업체에서 방문해 모두 수거해 간다. 그러면 비로소 한 주의 노동이 끝난다.

우선 육체적으로 버거운 작업이다. 그러나 똑같은 일이라도 마음먹기에 따라 노동이 될 수도 있고, 운동이 될 수도 있다. 일체유심조—切唯心造, 모든 것이 마음에서 나오고 마음과 같아지는 법이다. 하기 싫은 일을 억지로 하면 그 노동은 정말로 값싼 노동으로 전락해 버리게 된다. 몸을 움직여서 운동도 하고 경제 활동도 하는 일석이 조의 일이라고 애써 마음을 다잡는다. 어차피 해야 할 일이라면 운동이라고 받아들이고 즐기는 편이 낫다.

그런데 이 일은 정신적으로도 고달프다. 음식물 쓰레기를 비닐봉지나 폐박스에 싸서 일반 쓰레기처럼 슬쩍 버리는 일은 너무 빈번하다. 빈 줄 알고 치킨 종이 상자를 거꾸로 들었다가 와르르 쏟아지는 닭 뼈다귀에 경비원의 마음도 무너져 내린다. 아니면 스티로폼 박스를 깨끗이 테이프로 밀봉까지 해서 두었기에 감사하게 생각하던 중 그것이 너무 무거워 무심코 열어 본 순간 우수수 떨어지는 전복 껍데기들, 그리고 그때 밀려오는 배신감. 미화원이나 경비원이 자리를 비운 사이를 틈타서, 혹은 쓰레기를 분리한다고 정신이 없을 때 바로 등 뒤에 몰래 의자나 탁자 등 대형 폐기물을 버리고 가는 대담한 입주민들도 있다.

내 집의 쓰레기를 내다 버리는 것은 그렇게 단순한 일이 아니다. 누군가는 그것을 수거하고, 누군가는 그것을 지역 폐기물 집합장까지 운반하고, 그후 재분리작업을 거쳐 재활용하든지 소각하든지 매립하게 된다. 여러 사람의 손길이 닿는다. 그래서 쓰레기의 첫 출발지인 한 가정의 역할이 그만큼 중요하다. 그 과정과 그 과정마다 소요되는 노력들에 조금만 관심을 가진다면 그 작은 규정을 지키는 일이 얼마나 중요한지 알게 된다.

어떤 사람들은 쓰레기를 버리며 슬그머니 자신의 양심도 내다 버린다. 그렇게 쓰레기 더미에서 나뒹구는 양심의 조각들을 미화원이나 경비원들은 쓰레기와 함께 수거한다. 그런 일부를 향해 처음에는 실망하고 분노하고 상처도 받는다. 그러다가 시간이 지나면 그마저도 포기하게 되는 순간이 온다. 으레 그러려니, 하는 마음을 갖게 되면서, 입주민을 향한 신뢰감도 조금씩 사라지게 되는 것은 안타까운 일이다. 주민들 입장에서 본다면 미화원이나 경비원들은 '을'의 위치에 있는 사람들이니까 자신의 모습이 어떻게 비추어지든 괜찮다는 마음일까. 혹은 자신의 소행임을 아무도 모를 것이라며 스스로 위안하고 있을지도 모른다.

그러나 나는 '아닙니다' 하고 말하고 싶다. 그러한 기억이 자신의 마음과 기억에 물때처럼 늘 끼어 있을 것이다. 그렇게 폐기물을 몰래 버림으로써 얻게 된 사소한 이익이라는 것은 흠집이 난 양심이나 자존감에 견주어보면 그야말로 밑지는 장사인지도 모른다. 당장 나의 아이들을 태권도장에 보내고 피아노 학원에 한 번 더 보내려 애쓰는 것보다도 규정에 맞추어 쓰레기를 정리하고 함께 분리수거장으로 나오는 일이 더 아이들의 교육에도 좋을 것이다.

2주에 한 번 돌아오는 목요일은 고달프다. 그런데 다행인지 불행인지 경찰청 발표에 의하면 2021년부터는 경비원들에게 보안 이외의 다른 작업을 강요하지 못하도록 지침을 준비 중이라고 한다. 원래는 올해 하반기부터 실시하려 했으나 반대 여론에 밀려 6개월을 늦추었다고 한다. 사실 따지고 보면 경비원의 급여에는 분리수거, 단지 내 청소, 잡초를 뽑는 등의 잡일까지 모두 포함되어 있다. 그러한 일을 하지 않게 된다면 경비원들은 퇴출 대상이 되거나 급여가 삭감될 것이다. 아니면 더 적은 급여를 받는 미화원으로 대체될 수도 있다.

이 힘겨운 작업이 나의 손을 떠나는 순간 나는 이 경비원 일조차 못 하게 될 운명이라는 것이 참 아이러니하다.

8

쓰레기 분리수거(2) :
비 오는 날의 재즈

2020년 8월

[분리수거일 오전 06시 30분]

이번 장마는 기상청 예보가 시작된 이래 가장 길 것이라고 한다.
평소 같으면 동이 텄을 새벽에도 천장같이 낮게 내려앉은 하늘은 시
커멓다. 격주로 돌아오는 쓰레기 분리수거 업무에 4주 연속으로 비
가 왔다. 우리 조 근무 때만 어김없이 내리는 비. 오늘은 어제 저녁부
터 그칠 줄 모르고 지금까지 현재진행형이다. 예보에 따르면 내일
오전까지 계속 내린단다. 예보가 틀리기를 바랄 뿐이다. 그러나 내
게 불리한 일기예보는 왜 그리 적중률이 높은지. 태풍이 아닐까 싶
을 만큼 바람까지 세게 분다. 길 위에 놓인 교통안내 오뚜기가 픽픽
쓰러지고 큰 나뭇가지들도 널 뛰듯 아무 방향으로나 흔들린다.

오늘 작업은 재즈와 함께 하기로 한다. 핸드폰에 저장해 둔 재즈는 400여 곡 정도. 한 곡당 평균 3분씩 잡고 계산하면 대략 1,200분. 시간으로 따지면 20시간 정도. 분리수거 업무가 밤 11시 반에 끝날 테니까 그때까지 듣기에는 충분할 것이다.

자, 오늘 하루 즐겨볼까.

마침 비도 와 주고 바람도 분다. 비 오는 날의 재즈. 마침 이어폰을 타고 흘러 들어오는 그루브 가득한 기타 연주곡, 엇박자로 곁들이는 슬로우 드럼. 경이롭다. 이 연주자는 대체 어떤 굴곡진 삶을 살아냈기에 이런 연주가 가능한 것일까. 곡이 아쉽게 끝난다 싶어지자 곧 흐느끼는 색소폰 연주의 다음 곡이 이어진다.

오늘 하루는 분위기 있게 가 보기로 한다. 밤 12시에 잠자리에 들 때 오늘 하루는 얼마나 멋진 시간이었는지 돌아보리라.

자, 출격,

비바람 부는 쓰레기 분리수거장으로.

[오전 10시 45분]

흠뻑 젖은 옷을 갈아입으러 초소에 들어왔다. 비옷을 입었지만 이미 속옷까지 빗물과 땀으로 다 젖었다. 비옷이라고 해 봐야 통풍이나 방수가 안 되는 싸구려 투피스다. 안쪽이 바깥쪽보다도 더 물기가 많이 차고 눅눅해져서 초소에 들러서 겉과 속을 뒤집어 가며 입는 편이 나을 정도다. 분리수거일이라 집에서 작업복 남방 1벌과 속옷 1벌을 여벌로 가져 왔지만 작업하러 나가는 순간 쏟아지는 비에 바로 젖어버리기 때문에 젖은 옷을 갈아입지도 못하고 난감하다. 초소에 들어와서 옷을 입은 채 말린다고 선풍기 신세를 지려니 으실으실 추워진다. 감기에나 안 걸리면 좋으련만.

대강 빗물과 땀을 닦아내고 초소에 들어온 김에 간단한 식사를 한다. 분리수거일에는 식사시간이 따로 없다. 짬이 좀 나면 그게 식사시간이다. 오늘은 세상없는 일이 터져도 나를 도와줄 사람은 아무도 없다. 다른 대원들도 다 마찬가지이기 때문이다. 각자 맡은 구역을 책임져야만 한다.

며칠 전 275mm 장화를 인터넷에서 사둔 것이 그나마 다행이다. 그렇지 않으면 양말까지 물죽이 되어 발이 퉁퉁 불어 버릴 뻔했다. 미리 여분으로 준비한 근무복까지 두 벌을 번갈아 입다가 그마저 마를 새가 없어 다 벗어 버리고 러닝셔츠 위에 척척한 비옷을 입고 다시 나선다.

[오후 2시 30분]

비가 잠깐 뜸하다. 한숨 돌리던 차에, 나일론 쇼핑백을 든 할머니 한 분이 설렁설렁 빈 병 모아두는 마대로 다가온다. 쓰레기를 버리러 나오는 입주민과는 확연한 차이. 잠시 내가 한눈을 파는 척하니, 아니나 다를까 주변을 두리번거리던 그 할머니 허리를 황급히 굽혀 파란 소주병만 열심히 쇼핑백에 담기 시작한다. 얼른 호루라기를 불었다. 삑 소리가 나자 그 할머니 엉거주춤 일어나면서 호각 소리가 나는 쪽을 쳐다보고는 경비원 복장을 한 나를 발견하고 움찔. '걸렸구나…' 싶으신 모양이다.

"거 소주병 그렇게 모아서 가져가시면 안 됩니다."

"집에서 참기름 좀 담으려고 그래요, 좀 가져갈게요."

"입주민 아니시죠? 그 빈 병들 업체에서 다 수거해가는 물건들인데 그렇게 가져가시면 안 됩니다."

그렇게 말은 해 두었으나 할머니는 아직 담지 못한 파란 소주병에서 눈을 떼지 못한다.

"할머니 원래는 안 되는 건데, 비 오는 날 일부러 오셨으니 소주병 3개만 가져가세요. 그 이상은 안 됩니다."

"네 세 개만 가져갈게요."

언뜻 봐도 쇼핑백에는 이미 대여섯 병 정도가 이미 들어가 있다.

"네, 그만하시고 가세요. 다신 오지 마세요."

마지막으로 슬그머니 빈 병 두 개를 더 챙기고 뒤도 안 돌아보고 휭하니 그 자리를 떠나버리는 할머니. 아마도 다른 대원 구역으로 갈 것이 분명하다. 거기에서도 빈 소주병 사냥은 계속될 것이다.

빈 소주병을 가게에 갖다 주면 100원인가를 돌려받는다고 들었다. 10개만 주워가면 천 원, 20개를 주워가면 이천 원이 된다. 그러니 가난한 할머니들에게는 빈 소주병 줍기가 꽤나 수익이 있는 사업일 것임이 틀림없다. 수거 업체로부터의 요구사항이니 병 줍는 할머니의 작업을 중지시키기는 했으나 뒷맛이 쓰다.

잠깐 주춤하던 빗방울이 다시 굵어지기 시작했다.

[오후 11시 05분]

오늘은 비가 종일 오는 바람에 밤늦게 배출되는 쓰레기양이 많지 않았다. 밤에 비가 더 많이 내릴 것이라는 일기 예보가 있어서 각 세대마다 늦은 밤이 되기 전에 내놓았기 때문이다. 덕분에 평소보다도 분리수거 작업이 30분 정도 일찍 끝났다.

좁은 초소 안에는 비에 안팎 없이 젖은 우비며 작업복 남방 2벌, 바지 1벌, 운동복 바지 1벌이 어지럽게 걸려 있고 눅눅하기 짝이 없다. 양말은 물론이고 속옷까지 푹 젖었기 때문에 꼭 짜서 차곡차곡 걸어놓고 선풍기를 돌려서 말린다. 그래도 화장실에 들어가 씻을 수 있다는 게 다행이다. 플라스틱 대야에 받은 따뜻한 물을 바가지로 퍼서 머리 위에 부으니 비바람 속에 시달린 하루의 피로가 씻겨 내려간다.

드디어 긴 하루가 끝났다. 낮에만 해도 영원히 올 것 같지 않았던 이 시간이 결국 찾아왔다. 이제 자유. 언제나 느끼는 것이지만 이 일을 하려면 건강해야 한다. 평소에 운동을 게을리하지 않는 이유이기도 하다.

운동이라 봐야 빈 몸으로 할 수 있는 빨리 걷기와 팔 굽혀펴기 그리고 스쿼트 정도. 하지만 푸쉬업이나 스쿼트도 정확한 자세로 제대로 하자면 그리 만만치는 않다. 하루에 4백 회씩은 하려고 노력한다. 한 번에 40개씩. 그래 봐야 1분 정도밖에 걸리지 않는다. 시간 없어서 운동을 못 한다며 나태하게 빈둥대던 시절이 부끄럽다. 초소 의자에 앉아 있을 때는 발을 지면에서 10센티 정도 들어 얼마간 견디는 것만으로도 복근운동이 되길래 생각날 때마다 한다.

이 일을 처음 시작했을 때보다 나는 더 건강해진 듯하다. 몸도 마음도.

초소 밖엔 여전히 빗줄기가 가늘어졌다 굵어졌다 하며 줄기차게 내린다.

오늘 온종일 빗속에서 고생한 동료 여러분, 굿나잇.

밤중까지 내리는 비에 집에서 걱정하고 있을 나의 각시도, 굿나잇.

9

아파트 생태계 속
얼룩말 생존기

한 얼룩말 무리가 물을 찾아 호수까지 이동한다. 호숫가 수풀 속에는 이미 숨죽이고 이들을 기다리는 사자 일가가 있다. 이른바 동물의 왕국, 자연 다큐멘터리 프로의 단골 장면이다. 이 사냥을 유심히 보게 되면, 암사자들은 얼룩말 무리 중 제일 행동이 굼뜬 한 놈을 선택해서 그놈만 쫓는다. 시쳇말로 한 놈만 팬다. 결국 선택된 얼룩말 한 마리가 사자들의 먹잇감이 된다. 사냥할 때는 뒤에서 어슬렁대던 우두머리 수 사자가 제일 먼저 맛있는 부위를 차지하고 그 이후에야 암사자와 새끼 사자들에게 차례가 온다.

흥미로운 것은 사냥의 대상이었던 얼룩말들의 모습이다. 필사적으로 도망 다니던 놈들이 언제 그랬냐는 듯 호수 근처를 어슬렁거리며 물도 먹고 한가로이 풀을 뜯는다. 포식자와 피식자가 그렇게 공존하는 모습이 무척 이채로웠다. 희생의 제물이 선택되고 그것으로 평화가 찾아온다. 적자생존, 무리로부터 버려진 그 죽은 녀석만 불쌍한 것이다.

수사자가 부러워졌다. 암사자를 앵벌이로 내보내서 먹고 살다니, 수컷 만세! 그것 참 우아한 세상이다. 그러나 조금 더 들여다보자면 수사자의 삶이 그다지 장밋빛 순탄대로는 아니다. 무리의 우두머리가 되기 위해 다른 수놈들과 죽음을 무릅쓴 혈투를 벌여야 하고, 밀려난 수사자는 다른 곳으로 떠나야 한다. 왕이 된 수사자도 나중에 젊고 힘센 수사자가 나타나면 결국 물러나게 된다. 다른 사자들이 먹고 남긴 썩은 고기로 배를 채운다. 그나마 몸이 성치 않게 되면 홀로 굶어 죽거나 하이에나의 먹이로 비참하게 생을 마감할 운명이다.

결국 이 동물의 왕국은 적자생존이다. 적응하는 녀석만이 살아남는다. 내가 근무하는 아파트 경비대의 모습도 적자생존 법칙의 동물들 세계와 크게 다르지 않다. 특별한 결격 사유나 근무 태도 및 감원 계획에 의해서 경비대원들이 해고된다. 그러나 구조조정의 피바람이 지나가고 나면 그걸로 끝이다. 해고된 이들을 위한 위로 모임이나 작별의 식사 같은 것도 거의 없다. 살아남은 사람들은 어제와 다름없이 일할 뿐이다. 이별의 아쉬움이나 연민의 정도 얕다. 임시 계약직 노동자들의 특성이라고 해야 할까.

한두 달에 한 번 정도 전체 회의를 할 때마다 반드시 나오는 단어가 바로 '인사 불이익', 또는 '정리해고'다. 보안 초소에서 조는 모습이 입주민에게 적발되었다거나, 핸드폰으로 유튜브 영상을 보는 모습이 누군가의 카메라에 찍혀 보고 되어 사유서를 썼다거나 하는 이야기가 심심치 않게 나온다. 다음 계약 연장에 적잖은 영향이 있을 것은 자명한 일이다.

관리 회사에서 자체 암행 순찰을 돌기도 하지만, 입주민으로부터 민원대상이 되는 일은 그야말로 치명적이다. 입주민과 다툼이 있거나 해서 그 민원이 관리실로 들어가고 나면 누구의 잘잘못과는 관계없이 경비원이 지극히 불리하다. 어느 백화점 입구에 걸려있던 '고객은 항상 옳다.'라는 표어 문구가 의미하는 그대로이다. 이를 잘 아는 극히 소수의 입주민들은 마치 경비원들의 인사권을 손에 쥐고 있는 양 거들먹거리기도 한다. 돌멩이를 던지는 일은 아이들에겐 물가에서의 짓궂은 장난일 뿐이지만, 그 돌팔매질에 맞아서 죽어가는 개구리들은 그걸로 끝이다.

그렇게 원하는 숫자의 인원이 해고되고 나면 일순 평화의 순간이 찾아온다. 이 평화와 안정은 다음 계약 만료 시점까지는 한시적으로 지속된다.

이번에는 나이 몇 살 이상은 해고 대상이라는 꽤 신빙성 있는 소문이 돌기 시작했다. 그렇다면 내가 해고 1순위 대상일 것이다. 십여 명의 대원 중 내가 두 번째로 나이가 많다. 근로계약 3개월이 끝나는 시점에서 계약 연장이 되지 않으면 합법적이고 실질적인 해고가 이루어진다. 늘 아슬아슬하다.

자정이 조금 넘어가는 시간에 초소 인터폰 벨이 울렸다.

"네, 2번 초소 경비실입니다."

"수고 많으십니다."

인터폰 너머로 남자 입주민 목소리가 흘러나왔다. 음성으로만 가늠해 보면 글쎄, 내 나이쯤 되었을까.

"안녕하세요? 무슨 일이십니까?"

"조금 전에 차로 들어오면서 보니, 초소 안에서 졸고 계시기에 주의 드리려고 전화했습니다."

순간 비수가 내 목을 찌르는 듯 숨이 턱 막힌다. '턱, 하니 억, 하고 죽더라'는 사람이 있었다더니 그게 바로 내가 되나 싶었다. 야간 초소 근무 중 가만히 앉아 있다가 나도 모르게 깜박 졸았던 모양이다. 이럴 때는 옹색한 변명거리를 찾기보다는 얼른 잘못을 인정하고 죄송하다고 해야 한다. 죄송하다고 앞으로 시정 하겠다고 머리를 조아렸다.

"이거 내가 좋은 의도에서 얘기하는 겁니다. 앞으로 조심해야 됩니다."

"예. 조심하겠습니다."

그는 먼저 인터폰을 탁 끊는다. 그가 덧붙인 마지막 한두 마디는 자세히 기억나지 않는다. 다만 '당신이 근무시간에 졸았고 너그러운 자신한테 발각된 것을 운 좋았다고 여기고 앞으로는 조심하라.'는 내용이었다.

순간 자존심이 상했고 동시에 서글퍼졌다. 24시간 근무를 하다 보면 누구라도 잠시 엉덩이를 의자에 붙였다가 깜빡 졸게 될 수도 있는 일 아닌가, 싶었기 때문이다. 그러나 다시 생각해 보면 그의 지적이 고맙기도 했다. 만일 그날따라 심사가 꼬인 입주민이나 관계자에게 걸려서 사진이라도 찍혔다면 분명히 시말서를 쓰고 감원대상 우선 순위에 들었을 것이다.

역지사지, 나도 경비원복을 벗고 퇴근해서 내가 사는 아파트로 돌아가고 나면 입주민의 입장이 된다. 경비원이 아닌 주민 입장에서, 내가 퇴근길에 초소 내에서 경비원이 졸고 있는 모습을 보았다고 가정해 보자. 아마, 한심하다는 생각이 단박에 들었을 것이다. 관리실에 연락해서 주의를 줄 수도 있다. 입주민은 관리실이나 관리회사보다도 갑의 위치에 있다. 그러면 경비원은 운이 좋아야 주의를 받는 선에서 끝나고 다른 초소로 가거나 해고되거나 할 것이다.

24시간 격일 근무를 한다. 야간 잠자리는 열악하다. 동 대표, 관리소장, 보안팀장은 물론이고 불특정다수의 아파트 주민들 앞에 푸른 경비원복을 입고 민낯으로 선다. 나는 이 아파트라는 동물의 왕국에서 피라미드 계급사슬의 최하위계층을 담당하고 있다.

무리 중 한 마리가 희생되고 나면 평화가 찾아오고 한가롭게 풀을 뜯는 풍경을 연출하는 얼룩말 무리. 보통 3개월에 한번씩 돌아오는 계약 만료 시점이 되면 한 명 이상의 동료 경비원이 해고된다. 그러고 나면 평화가 찾아온다. 살아남은 경비원들은 밝은 얼굴로 모자를 고쳐 쓴다. 아무 일 없었던 듯 일상도 근무도 계속된다. 이 모든 것을 얼룩말처럼 감내해 내야 한다. 이 아파트라는 정글에, 이 환경에 적응해야만 한다. 이것이 나의 현주소다.

10

만 원으로
좋은 사람되기

2020년 7월

토요일 오전 근무 중. 오늘은 단지 내에 이사세대도 없고 특별한
민원사항도 없어서 평소보다 한가하다. 그래, 이런 날도 있어야지.

아침 관할구역 청소, 화단에 물주기, 쓰레기장 정리와 구역순찰
을 끝냈다. 점심시간까지 초소에서 음악이나 좀 들을까, 하고 돌아
가던 참에, 대형 폐기물장에 서 있는 한 할머니와 초등학생 꼬마가
눈에 들어온다. 반출되기 전의 폐기물 중 쓸만한 물건들은 입주민이
가져가는 경우가 종종 있다. 경비원들도 쓸 만한 것들을 가져다가
경비 초소에서 사용하기도 한다.

그냥 초소로 들어갈까 하다가 노인과 꼬마인지라 혹시 도울 일

이 있을까 싶어 그들에게 다가갔다.

"안녕하세요, 그 책장 쓸 만하지요? 아까 저도 보고 폐기물로 그냥 버리기에는 좀 아깝다 생각했는데요."

"글쎄 말이에요, 애 방에 놔주면 딱 좋을 것 같아서…"

아이에게 몇 학년이야, 하고 묻자 그는 3학년인데요, 하고는 태권도 옆차기를 해 보인다. 사내 녀석들이란.

할머니는 "맘에는 드는데 애하고 둘이서 들고 가기가…"하고 말 끝을 흐린다.

"제가 카트를 가져다가 실어 볼게요. 카트에 올릴 때만 조금 도와주시면 됩니다."

"아이고, 바쁘실 텐데…"

"아닙니다, 잠시만 기다려 주세요."

초소 뒤에 접어서 세워 둔 카트를 가져왔다. 할머니와 꼬마의 도움을 조금 받아 책장을 싣고 입주민 동 7층까지 승강기로 실어다 드렸다. 다시 내려와 책장이 서 있던 자리를 정리하고 있는데, 그 할머니 어느새 따라와서 작은 비상용 손지갑에서 얼른 만 원짜리를 한 장 꺼내서 건넨다. 만 원이라니, 음료수 한 병이면 또 몰라도. 안 받았더니 자꾸만 내 손에 쥐어주려고 한다. 정 그러면 나중에 음료수나 하나 사다 주세요, 하고 말해도 막무가내다. 그래도 끝끝내 안 받으니까 옆에 세워둔 자전거의 바구니에 두고는 간다. 돈을 많이 쥐어보신 솜씨다. 깔끔하게 빗어넘긴 머리에는 비녀가 꽂혀 있는 듯, 그

뒷모습도 참 단정하다.

초소로 돌아와 보니 벌써 12시 5분 전, 어영부영 점심시간이 되었다. 초소에 앉아 음악을 틀어놓고 식사를 한다. 그러면서도 조금 전 받은 만 원이 계속 맘에 걸린다. 그 단정한 할머니, 연세는 아마도 70대 중반, 초등학교 삼학년 손자와 함께 온 것으로 보아 다른 가족은 외출 중인 듯하다. 다른 식구가 있었으면 어린 손자만 데리고 무거운 책장을 가지러 왔을 리는 없다. 집에는 두 사람만 있을 테니, 도너츠나 한 봉지 사서 가져가면 손자와 맛있게 드시지 않을까. 생각이 여기까지 미치고 나니, 오케이.

점심 식사를 마치고 설렁설렁 후문 앞 빵집으로 간다. 가는 길에 후문 입구에서 폐지 줍는 할머니를 만났다. 사과상자며 각종 포장박스들을 펴서 반쯤 얼기설기 채운 손수레를 끌고 있다. 할머니는 나를 반쯤 피하는 눈치다. 얼마 전 아파트 외벽에 폐지를 쌓아둔 것 때문에 불편하다는 민원이 들어왔다. 그래서 그 폐지 더미를 직접 손수레에 실어드리며 다시는 이곳에 폐지를 쌓아 두지 않도록 부탁드린 일이 있었다. 얼른 가서 주머니에 있던 천 원짜리 두 장을 그의 허술한 조끼 주머니에 넣었다.

"할머니, 날도 더운데 아이스크림이나 하나 사 드세요."

"아이구, 뭐 이런…"

말씀은 그렇게 하면서도 한 손으로는 조끼를 여미시며 손수레를 돌려 큰길 쪽으로 천천히 사라진다. 저걸로 컵라면이라도 사 드시겠지. 가만, 그런데 나 갑자기 왜 이리 좋은 사람인 척하지. 아마도 입주민 할머니한테 받은 만 원 때문이겠지. 그러면 그렇지, 픽 웃음이 났다.

빵집에 들어가 보니 동그란 찹쌀 도너츠가 몇 개씩 작은 비닐봉지에 포장되어 진열대에 놓여 있다. 한 봉지에 2,500원. 그래 이걸 두 봉지 사다 드리면 5천 원의 행복이 되겠다. 그 옆에 슈크림 몇 개가 담긴 봉지도 2,500원이다. 할머니 연세로 보면 부드러운 슈크림이 낫겠다. 그 옆에 다시 에그 샌드위치가 2,500원. 그렇지, 요건 그 꼬마에게.

슈크림 한 봉지, 에그 샌드위치 하나, 두 봉지에 5천 원. 아까 폐지 줍던 할머니에게 2천 원을 드렸고, 남은 3천 원은 가는 길에 음료수나 한잔 사 마실까. 카운터에 가서 계산을 하면서 비닐 봉투에 넣어달라고 하자 아르바이트생과 같이 서 있던 아마도 주인인 듯한 여성이 "비닐 봉투는 요즘 사용을 못 하게 되어 있고요, 대신 종이 봉투를…"하면서 옆에 쌓여 있는 누런 종이 봉투를 가리킨다. 아, 돈을 주고 사야 하는구나. 어쩌지. 그렇다고 빵 두 봉지를 달랑달랑 선물하기도 좀 뭣한데. 망설이는 나를 보고는 주인이 "오늘은 그냥 드릴게요."하면서 빵 두 봉지를 누런 종이 봉투에 넣어 건네 준다.

"어이구, 감사합니다."

어이구, 라니. 이 사람 경비원 다 됐구먼, 허허. 점심시간에 빵 두 봉지를 사러 온 초로의 아파트 경비원이 그의 눈에 딱하게 비친 것일까.

　책장을 들어다 주었으니 그 집의 동 호수는 잘 아는 바였다. 올라가 초인종을 눌렀다. 잠시 후 그 남자아이가 안에서 인터폰으로 누구세요, 하고 묻는다. 네 경비원입니다, 하고 답하니 그 할머니가 옆에 계셨는지, "아, 네, 네."하고는 잠시 후 문이 열린다. 할머니와 그 뒤에서 할머니의 바지춤을 잡은 아이가 보인다. 할머니에게 빵 봉지를 건넸다. 그랬더니 "아이, 뭘 이런 걸…"하고 당황하며 현관문을 한참을 닫지 못한다. 얼른 그 층에 아직 서 있는 승강기 버튼을 누르고 올라탔다. 승강기 문이 닫히는 순간 빵 봉지를 열어보았는지 그 아이의 "와아!"하는 함성이 들려왔다.

　승강기를 타고 내려오면서 나 자신에게 물었다. 나, 오늘 왜 이리 좋은 사람이 되어 있는 거지? 내가 생각해도 나 자신이 기특해 죽겠다. 하지만 그것도 잠시. 1층 공동 현관문을 나서며 입구에 주차된 반짝반짝한 외제차를 본 나는 곧 내 안의 속물 본성을 여지없이 드러내고 말았다.

　남은 3천 원으로 로또복권이나 사야겠다.

　그러고 보니 마침 토요일이네.

11

투명인간,
어쩌면 움직이는 시설물

나를 비롯해 아파트에 살고 있는 많은 경비원들은 퇴근해 집으로 돌아가면 아파트 입주민이 된다. 경비원 '을'에서 입주민 '갑'으로 변신하는 것이다. 그러다가 다음날 새벽 6시에 출근해 경비원복을 입는 순간 투명인간이 된다. 인격체의 허물을 벗은, 아파트 단지 내의 움직이는 시설물.

경비원 모자를 쓴 채 말도 없고 감정도 없이 시설물의 소임을 다하고 있던 중이라도 극소수의 진상 입주민을 만나게 된다든지 해서 감정에 파고가 생기는 순간, 자칫 인격체로 돌아올 수 있다. 이때가 경비원으로서는 가장 위험한 순간이다. 해고의 위험이 도사리고 있기 때문이다. 입주민과의 갈등 및 분쟁은 해고의 1순위 사유가 된다. 2순위는 근무 태도, 여기에는 근무 시간 중 음주도 포함된다. 그리고 3순위가 고령자 제한이다.

모가지가 길어 슬픈 짐승도 있고

나이테가 많아 슬픈 나무도 있다.

아파트 단지 내에서 입주민과 동선이 마주치더라도 내가 경비원이라는 사실을 인지한 순간 상대방은 길을 양보하는 법이 결코 없다. 승강기를 타고 내릴 때도 입구 쪽에 서 있는 경비원에게 먼저 순서를 양보하는 장면을 이 일을 시작한 2년여 동안 단 한 차례도 본 적이 없다.

한번은 새벽 7시에 관제실로부터 지하 주차장 민원이 들어왔다. 주차 공간이 아닌 지하 1층 현관 입구쪽에 바짝 주차를 한 양심 불량 차주 때문에 통행인들이 불편해한다는 민원이었다. 1201호 입주자 차량이라고 했다. 1201호에 인터폰을 걸었다. 안 받는다. 다시 걸었다. 한참 신호가 가던 끝에 잠이 설 깬 목소리의 남성이 나왔다. 사정을 얘기하고 이동 주차를 요청하자, 자기는 지하 2층에 주차를 했기 때문에 자기 차가 아니란다. 다시 확인하고 연락을 드린다고 했더니 누구냐고 묻는다. 담당 경비원이라고 했더니 경비원이 확인도 제대로 안 하고 새벽에 들어와 곤하게 자는 사람 깨웠다고 육두문자만 안 들어갔을 뿐 짜증이 만발이었다. 몇 번을 죄송하다고 사과를 한 후 인터폰을 끊고는 관제실에 연락을 했다. 1201호가 아니라는데 다시 한번 확인해 보라고 요청을 했더니, 1201호가 아니라 아랫집 1101호 입주민 차량이라는 것이었다. 나도 관제실에 한 차례 짜증

풀이를 한 후 1101호에 연락해서 이동 주차를 요청했다. 그러자 아, 예 어젯밤 늦게 들어오면서 급히 주차하다 보니 그리되었다고, 금방 차를 빼주겠노라고 하여 일은 거기서 일단락되었다. 그러나 새벽부터 욕을 흠씬 퍼부은 1201호가 야속했다. 경비원이 아니고 다른 입주민 인터폰이었다면 그렇게까지 심하게 얘기를 하지는 못했으리라. 허탈했다. 목소리로만 봤을 때 40세 전후의 젊은 사람이더구만, 이 나이에…

하지만 잠시 후 곰곰이 생각해 보니 그렇게 허탈해할 일만은 아닌 듯싶었다. 경비원이 아닌 다른 직업을 가진 사회인들도 각자의 자리에서 그렇게 살아가고 있는 게 아닐까. 만일 그렇다면 나는 지금까지 얼마나 많은 실수를 해 온 것일까. 지나온 길을 되돌아보면 나도 알게 모르게 많은 갑질을 해 왔을 것이다. 그러면서도 겉으로는 너그럽고 여유 있는 사람인 척해 왔다. 그런 척 해왔다는 그 부분이 더욱 마음에 걸린다.

나는 전철로 출퇴근한다. 5개의 정거장을 지난다. 새벽에 지하철을 기다릴 때마다 어김없이 만나는 군상들이 있다. 상호 간 인사는 없지만 상대방이 뭐하는 사람인지는 서로 다 안다. 새벽에 출근하는 나이 지긋한 사람들. 비슷한 차림새. 나와 같은 역에서 타고 내리는 이도 있다. 인사가 오가는 일은 없지만, 잰걸음으로 앞서가는 저 이도 잠시 후면 나와 비슷한 복장을 한 투명인간이 되겠구나, 하

는 안쓰러움이 앞선다. 이건 동료 의식까지는 아닌 동지적 연민이라
고나 할까.

　오늘도 수고하시오.
　따지고 보면 우리보다 더 고생하는 사람들도 많소. 지병이 있다
든지 혹은 일찍이 노환이 왔을 수도 있소. 그래도 우리는 아직 건강
하고 두 발로 딛고 서서 일할 자리를 차지하고 있잖소. 그에 감사하
고 오늘 하루도 최선을 다합시다. 앞으로 우리 앞에 어떤 뜻하지 않
은 행운이 오더라도 오늘을 잊지 말고 겸손한 자세와 감사한 마음을
잃지 맙시다.

　오늘도 하이파이브!

12

세상에
남의 일이란 없다

2020년 10월

[오후 11시]

초소 근무 중, 고급 외제차 한 대가 아파트 입구를 향해 천천히 들어온다. 입주민이 저녁 식사 후 가벼운 2차 자리를 끝내고 귀가하는 길인 모양이다. 그런데 입주자 전용 입구가 아니라 방문자 입구로 들어온다. 데이트를 즐긴 후 여기 사는 애인을 바래다주는 건가. 그렇게 생각하며 조수석을 보니 그 자리는 비어 있다.

"어디 가십니까?"

"우유 배달하러 갑니다."

"네? 아, 네에."

기계적으로 출입 차단기를 열어주긴 했지만 이해하기가 그리

쉽지 않다. 중고차로도 보이지 않는 반들반들한 고급 외제차로 우유 배달을 한다. 무슨 사연일까. 급히 친구 차를 빌려서 배달할 수도 있겠다. 아무리 그래도 그렇지. 아, 어쩌면 과거의 나처럼 경제적으로 쫓기고 쫓기던 끝에 압류된 차를 아슬아슬 몰고 생활 전선에 급히 뛰어든 건 아닐까.

나보다 연배가 높은 분들이 들으면 실소하실지 모르지만 나도 이만큼 살아오면서 보니 '남의 일'이란 건 없다는 생각을 가끔씩 하게 된다. 한 치 앞도 볼 수 없는 것이 인생이니 말이다. 내 나이는 이제 60대 중반을 향해 가고 있다. 지난 해까지만 해도 누가 나이를 물으면 50대 후반이라고 얼버무리곤 했는데. 아직도 마음은 군대 막 제대한 복학생이지 말입니다, 이건만.

내 삶이 앞으로 30년을 더 갈지 15년을 더 갈지 아니 바로 내일이 마지막일지 알 수가 없다. 아니, 내일까지 갈 것도 없이 지금 서 있는 이 자리, 대한민국 수도권의 한 아파트에서 근무하는 경비원, 이게 나의 현주소이다. 만족한다고는 할 수 없지만 주어진 현재에 감사한다. 겸손하고 성실하게 나에게 주어진 시간을 충실히 살아내고 싶다. 그리고 시간이 되면 가을 단풍이 대지의 품에 안기는 모습으로 조용히 흙으로 돌아갈 수 있기를 기도한다.

한참 전에 본 블랙코미디 영화가 생각난다. 주인공은 조그만 비디오방을 운영하고 있는데 장사가 신통치 않아 사정이 점점 급박해진다. 경제적으로 쪼들린 그는 대리 운전까지 하며 투잡의 전선에 뛰어든다. 새벽이 되어 가게로 들어온 그는 간이침대에서 잠자리에 들기 전에 일상이 되어 버린 기도를 한다.

"하느님! 부처님! 부모님! 저, 부자 되게 해 주세요."

단순하면서도 처절함이 엿보이는 기도. 나는 이것을 단순한 코미디로 받아들일 수 없었다. 나도 경험했던 바다. 내가 그랬듯, 처절한 상황에서의 인간은 누구나 절실한 기도를 한다.

수년 전 초여름 무렵으로 기억된다. 경부고속도로 하행선 양재 부근에서 대형 교통 사고가 났다. 이 부근은 평소에도 교통 체증이 심한데, 이곳을 지나던 대형 버스 운전 기사가 주행 중 깜박 졸았던 모양이었다. 그 버스는 앞에 서 있던 50대 부부가 탄 승용차를 덮쳤다. 그 현장 동영상은 가히 충격적이었다. 사고로 피해를 입은 당사자들의 가족들이 저 장면을 처음 접했을 때의 충격이 어떠했을지, 나로서는 상상이 안 간다. 승용차에서 비명을 달리한 부부는 사고 1초 전까지도 자신들이 그런 충격적인 사고의 피해자가 되리라고는 상상도 못 했을 것이다. 부부가 어디 지방에 계신 부모님을 뵈러 가는 길이었는지, 아니면 다른 부부와의 골프 약속으로 행복한 라운딩을 꿈꾸는 길이었는지, 알 수 없지만, 누구라도 그 시간에 그 부부가 있던 그 자리에 있지 말라는 법이 없다. 세상에 나와 상관없는 완전한 '남의 일'이란 있을 수 없다.

그런 대형 사고를 낸 버스 운전사도 그 누구의 아들이고 남편이고 아버지였을 것이다.

"다녀올게."

"다녀오세요. 운전 조심하시고요."

"그래 걱정 말아, 뭐 하루 이틀 하는 일도 아니고."

"네, 수고하세요."

여느 가정의 부부와 비슷한 출근 인사를 나눴을 것이고, 그는 모든 운전 기사들과 마찬가지로 고단한 하루를 시작했을 것이다. 하지만 본인의 의지와는 달리 점점 무거워지는 눈꺼풀을 연신 치켜뜨고 눈을 부릅떠가며 버스를 운행했을 것이다. 그러나 어느 순간 쏟아지는 졸음을 이기지 못하고 아차, 하는 순간 지고 말았고, 돌이킬 수 없는 충격적인 사고를 냈다. 그 전까지 그는 그런 큰 사고를 낸 운전자가 자기 자신이 될 줄은 꿈에도 생각 못 했을 것이다. 이 세상에 '남의 일'이란 없다.

최근 들어서는 경비원이 입주민에게 폭행을 당하는 사건이 심심치 않게 매스컴에 오른다. 여기저기 멍이 든 상처 부위를 담은 사진도 함께. 얼마 전에는 특정 입주민에게 지속적인 폭행을 당하던 한 경비원이 극단적인 선택을 한 일도 있었다. 그 경비원의 가족들의 심정은 어떠할까. 잠자리에 누운들 잠이나 제대로 오겠나. 분노와 슬픔, 그리고 아버지이고 남편인 그를 향한 연민의 정이 밀물처럼 밀려올 것이다. 다음 파도는 아마도 다름 아닌 자신들의 무력함 그 자체겠다. 사회 계급 말단군에 서 있는 아파트 경비원, 그 집안에 돈이나 권력이 있을 리 없다. 마땅히 하소연할 곳이 없어 법에 호소해 보지만 그마저도 속 시원하지 못하다.

가해자는 당연히 법대로 해결하려 할 것이다. 실력 있는 변호사를 선임하고 그 뒤에 숨어서 사건을 무마하려 들 것이다. 유전무죄, 결국은 돈 몇 푼 들어갈 뿐, 가벼운 안줏거리로 지나가고 말겠지.

약자의 위치에 선 나 역시 늘 조심해야 한다. 나도 언제든 피해자가 될 수 있는 약자이고 그렇게 피해자의 가족이 될 나의 가족들 역시 헤아려야 한다. 늘 조심하려 한다. 이 자리에서 이치에 맞지 않는 일을 당하더라도 조용히 비켜나가고, 지나가고, 벗어나야 한다. 행여 어금니를 악무는 옆모습조차 보여서는 안 된다. '남의 일'이란 결코 없는 법이니까.

[오전 12시 55분]

두 시간쯤 전에 들어갔던 외제차가 아파트의 출구를 향해 천천히 다가온다. 우유 배달을 끝낸 모양이다.

13

아파트 단지에도
낙하산부대

2020년 5월

아파트 단지에도 낙하산이 있다.

어디선가 줄을 타고 입사한 경비원들이 있다. 정부 고위직부터 아파트 경비원까지 낙하산 없는 곳이 없다. 정도의 차이만 있을 뿐 인간 세상 어디나 마찬가지일까. 아무리 그렇다 해도 정도껏들 해야지.

같은 직급의 경비원 같으면 낙하산이든 공수부대든 상관없다. 하지만 그 낙하산이 팀장급이라면 얘기는 달라진다. 팀장은 팀원들의 생사를 손에 쥐고 있다. 경비 관리 회사와 아파트 관리 사무소와의 삼각 통로 길목에 버티고 앉아 있기 때문이다.

할 일이나 별도로 지시한 일을 안 했을 때는 물론이고, 인사 안

한다고, 태도가 거만하다고, 복장이 불량하다고, 일단 그에게 지적을 받으면 "예, 시정하겠습니다."하고 짧게 끝내야 한다. 말을 덧붙인다든지 변명을 한다든지 하는 것은 절대 금물이다. '예'도 아니다 "옙!"하고 답해야 한다. 그랬는데도 상대방이 말꼬리를 놓지 않으면 어떻게 해야 할까. 두말할 것도 없이 "옙, 시정하겠습니다."를 반복해야 한다. 나이 육십이 넘은 초로의 경비원이라고 해도 그렇다. 벌레 씹은 표정으로 입으로만 하는 사과도 금물이다. 진심 어린 표정이 기본이다. 그러면서 상황을 얼른 수습한 후 신속히 그 자리를 떠야 한다.

"어이 민 대원, 작업복을 좀 단정하게 입을 수 없어?"라는 낙하산 팀장의 지적에 민 대원은 그 자리에서 "예, 시정하겠습니다."라든가 "예, 주의하겠습니다."라고 해야 했다. 나이로는 그가 팀장보다 오히려 한 살이 더 위다. 근무 연수도 팀장은 낙하산 타고 내려온 지 6개월, 민 대원은 입사한 지 17개월이 넘었다. 그러나 그가 "작업하다 보니 더워서 점퍼 지퍼를 반쯤 내린 건데요. (뭘 그런 걸 가지고…)"라고 말을 덧댄 게 화근이 됐다. 이후 두고두고 작은 꼬투리만 잡혀도 전 대원이 다 듣고 있는 무전기에서 무참히 씹히곤 했다. 거의가 개인 전화로 조용히 얘기해도 될 만한 일들이었다.

민 대원은 목구멍이 포도청이니 하는 수 없이 한 달을 이를 악물고 참고 참다가 결국은 사직서를 내고 말았다. 정작 사표를 내야 할

사람은 같은 경비원이면서 팔에 완장 하나 더 둘렀다고 위세를 떠는 그 팀장이었다.

다행히 여기를 그만두고 곧바로 다른 아파트 경비원으로 취직을 했다고 들었다. 분위기가 여기와는 사뭇 다른 그곳에서 편히 잘 지내고 있는 모양이다. 그는 나이가 나보다 몇 아래고 하니 자리를 옮기는 일이 비교적 쉬웠겠지만 나이를 꽉 채운 나 같은 사람은 처지가 다르다. 구직 센터를 통해 여기저기 문을 두드려 봐도 구인 광고 내는 곳마다 제일 먼저 물어보는 게 나이다. 더군다나 요즘 코로나 이후 극심한 불경기이기도 해서 경비원 구인 광고를 하나 내면 지원자가 구름 같이 몰려온단다. 그것도 50대의 젊은 지원자들이. 결국 우리같이 나이 든 사람들은 발붙여 볼 데가 없다. 다른 선택의 여지가 없는 것이다. 그러니 웬만한 수모쯤은 감수하고 견뎌내야 한다. 이를 잘 아는 나이 몇 아래 팀장은 본인의 위세를 아낌없이 발휘하고 있는 중이다. 말끝마다 다가오는 계약 기간 만료 시점을 언급해가면서 조심들 하라고 대놓고 으르렁거린다.

사정을 모르는 사람들은 이렇게 생각할 수도 있다. 대원들이 합심해서 위에다 건의를 하든지 진정서를 올려보든지 해서 상황을 조정하면 될 것 아닌가, 라고. 그러나 그것은 현실적으로 불가능하다. 관리실로 가는 그 통로에는 팀장이 버티고 서 있다. 관리실로서도 대원 개개인을 관리하기보다는 팀장 한 사람만 상대하는 것이 더 수월하고 편리할 것이다. 여하한 방법을 동원해서 관리실이나 경비 관리 회사에 건의했다 손치더라도 오히려 자기주장이 강한 불순분자로 낙인찍혀서 요주의 인물이 될 것이다.

모난 돌이 정을 맞는다.
둥근 돌이 되기 위해 오늘도 마음을 다잡는다.

14

새벽의
사람들

2018년 10월초

[오전 03:30 새벽 근무 중]

비가 온다. 추적추적 한 사나흘 내리는 모양이다. 그칠 듯하다가 이어지기를 수없이 반복한다. 비가 내리면 이곳의 일도 궂어지고 눈이 내리면 더욱 복잡하고 바빠진다. 특히 음식물 쓰레기 수거대원들의 경우에는 더욱 그렇다. 통풍이 전혀 되지 않는 폴리에스테르 재질의 비옷과 안전 장구 등은 외부에서 들어오는 빗물을 막아주는 방수 역할을 하지만 비옷 사이로 스며든 빗물이나 몸의 땀을 내보내지 않는 역할도 함께한다. 몸은 이미 물속에 있는 것이나 다름없다. 차라리 물속에 있으면 시원하기나 하지.

차 꽁무니에 매달려가는 위험은 말할 것도 없고 고양이 발톱만

한 발판은 미끄럽기까지 할 것이다. 차가 거친 노면 위를 달릴 때에는 덜컹거리며 무릎이나 허리 등 관절에 무리를 줄 수도 있다. 안전 손잡이 또한 축축하고 미끄럽고 위험하기 짝이 없을 것이고. 그들은 작업 중에 하루 열두 번도 더 중얼거릴 것이다. '이 위험하고 힘든 일을 멈추게 하여 주소서.'

인사라도 건네야겠다 싶어서 우산까지 쓰고 일부러 그 옆을 지나가며 "수고 많으십니다."하고 인사를 건네자 "네, 비까지 오니까, 어휴…"라며 숨이 찬 듯 말을 맺지 못 한다. 경비원이 건네는 인사에는 그나마 같이 고생하는 동료애 비슷한 답인사가 따라온다. 오늘도 안전하게 작업을 마치고 댁에서 기다리는 가족의 따뜻한 품으로 돌아가기를 기원합니다.

[오전 04:40]

초소 밖을 내다보니 비가 멈추는 것 같다. 새벽 순찰을 위해 초소 문을 막 나서던 그때. 한 남성이 초소를 향해 황급히 뛰어온다. 작은 키에 흰 머리카락이 휘날려 자연스럽게 가운데 가르마가 타지면서 마지 백발의 오케스트라 지휘자와 같은 모습이다. 어찌 보면 갈기를 휘날리며 덤벼드는 한 마리 수사자처럼도 보인다.

그의 손에는 전화기가 들려 있고 어깨에는 멜빵 가방을 둘러멨다. 영락없는 대리 기사 차림이다. 나이는 나와 비슷하거나 조금 아래겠다. 대리 운전을 하기에는 그다지 젊지 않은 나이.

"여기가 후문인가요? 하악. 하악. 24시간 편의점은 어디쯤 있나요? 하악… 하악…"

나는 초소 앞 70m쯤 전방을 손가락으로 가리키며 답해 주었다.

"저기 밝은 간판 보이죠? 그곳이 바로 편의점입니다."

"아효. 허벌나게 뛰어왔네. 아효."

지금도 허벌나게 뛰고 계시면서 과거형은. 기사 선생님, 앞으로 70~80m만 더 허벌나시면 될 듯합니다. 나에게 제대로 대답할 겨를도 없이 뛰어가는 품이, 아마도 손님과 만날 약속 장소를 잘못 찾는 바람에 늦었거나 재촉을 받은 듯이 보인다. 지체 없이 편의점까지 뛰어가더니 그 주위 길옆으로 일렬 주차된 몇 대의 차들 중 불 켜진 차에 다가간다. 손으로 휘날리는 머리카락을 쓸어 올리고는 차 안에 대고 인사를 한다. 그러고는 바로 운전대 문을 열고 들어가 막 앉았을까 싶은 찰나에 어느새 차는 출발하고 있었다. 숨 돌릴 틈도 없었을 것이다.

차주와 운전석에 앉은 대리 기사의 대화가 손에 잡히는 듯하다.

"아휴 늦어서 죄송합니다."

"아니 뭘요, 바쁘신가 봐요."

"그게 아니고 여기 아파트 단지가 엄청 큰 데다가 문이 여러 개 있는 줄 모르고. 죄송합니다."

"아, 예, 갑시다."

"네, 네, 사장님."

장소를 찾느라고 늦어져서 급한 마음에 뛰는 경우도 있지만, 모르긴 몰라도 짐작컨대 기다리다가 조금 늦어진다고 다른 대리 기사 불러서 휙 가 버리는 경우도 있을 것이다. 아마도 저 대리 기사님도 한두 번 이상 바람맞은 경험이 있겠다 싶다. 한창 바쁜 시간 쪼개어 차비 들여서 약속장소까지 찾아갔는데 아무도 없다면 그만한 낭패도 없으리라. 저 일 자체가 1분 1초가 곧 돈 아닌가.

그 손님을 쫓아가서, 왜 불러놓고 의리 없이 다른 기사 불러서 가느냐고, 따져볼 수도 없는 일이다. 고발을 하겠어, 고소를 하겠어. 그 시간에 다른 손님 새로 찾아나서는 게 백번 낫지.

차 안에 앉아 대리 기사 오길 기다렸을 차주의 키가 얼마 정도 되는지는 모르겠으나, 설사 차주의 키가 크고 다리가 긴 분이었다 하더라도 저 대리 기사 양반 짧은 다리 사이즈에 맞게 운전석과 차 핸들의 간격을 임의대로 조정하지는 못했으리라 짐작한다. 아마도 나이도 있는 편인데 운전 시트에 등판도 제대로 못 붙이고 바쁜 숨 겨우 고르며 운전하고 있을 것이다.

옛날 술 한잔하고 늦게 다닐 때 대리 기사와 함께 집에 돌아가는 경우, 키가 아주 작거나 내 키와 차이가 많이 나는 대리 기사를 만나면 뒷자리에 앉아 있다가 먼저 얘기하곤 했다. "기사님, 편하게 좌석 조정해서 가세요."라고 하면 대부분 "아닙니다, 괜찮습니다."라든지 그래도 너무 불편한 경우에는 "그럼 조금만 조정하겠습니다."라고 하든지 했다. 이제는 더 이상 대리 운전을 이용할 일이 없어진 요즘은 어떤지 모르겠다.

그가 달려오던 모습이, 황급히 차에 오르던 모습이, 경황없이 출발하던 모습이, 새벽 내내 눈앞에서 떠나질 않는다.

동년배 대리 기사 양반도, 파이팅!

[오전 05:30]

6시 20분으로 예정된 퇴근을 앞두고 초소 정리를 하던 참에, 저 밖에서 술에 곤죽이 된 두 남녀가 단지 쪽으로 비틀비틀 들어온다. 30대 중반쯤 됐으려나. 남자의 덩치가 커서 상대적으로 여자가 왜소해 보이는 커플이다. 남자는 터벅터벅 걸어오는데 여자는 마치 양쪽 발목을 한꺼번에 접질린 것 같은 걸음걸이로 들어오는 걸 보니 만취 상태다.

여자가 남자에게 "왜 짜증을 내?"하고 묻자 남자가 "니가 먼저 짜증을 내니까 그렇지"하고 답한다. 여자는 남자를 향해 몸을 제대로 못 가눌 정도로 상체를 홱 돌리면서 "누가 짜증을 냈다고 그래?" 하고 쏘아붙인다. 이런 식의 대화다. 아니 대화라기보다는 원초적인 주정 대거리를 이어가며 아파트 단지 안쪽으로 비틀비틀 걸어 들어온다.

새벽 6시가 다 된 시간에 어디서 무슨 술을 어떻게 마셨기에 저런 모습을 하고 있을까. 아까 그 흰머리 대리 기사의 허둥대던 뒷모습이 술 곤죽이 된 저 커플의 흐트러진 모습과 겹친다. 대리 기사 양반은 어떻게든 벌어 먹고살아 보겠다고 아등바등 외줄에 필사적으로 매달리고 있는데 대책 없는 두 사람은 곧 먼동이 터올 이 시간에 술이 떡이 되어 집으로 돌아가는 길이라니.

세상 살아가는 모습들 참 다양하다. 나도 이제 세면하고 퇴근할 시간이 다 되어 간다. 나의 퇴근은 하루의 저묾이 아니라 다시 새로운 하루의 시작이다. 그렇게 하지 않는다면 그간의 나태한 세월을 어느 천 년에 만회하겠는가.

15

나도, 당신도,
대리 기사

2018년 9월

[오전 3시 30분]

오전 3시 30분

한 남성이 내가 근무 중인 보안 초소를 지나 아파트 단지 안쪽을 향해 잰걸음으로 들어간다. 그의 옷차림과 휴대폰을 든 모습만 봐도 알 수 있다. 대리 기사다. 흰색 노타이 반팔 남방에 검은색 바지의 단정한 차림, 나이는 대략 마흔에서 마흔 중반 정도, 아마도 두 직업으로 치열하게 살아내는 중년 사내겠다. 몸집이라도 통통하니 다행이다. 마른 몸집이었으면 뒷모습이 더 슬플 뻔했다.

오래 전, 한 삼십 년 전쯤 되나, 무더운 여름날 저런 흰색 반팔 남방을 입고 시원스레 출근했다가 오전 내내 사무실에서 눈칫밥을 먹고 시달린 적이 있다. 점심시간에 급히 가까운 백화점에 가서 긴 팔 와이셔츠를 하나 사 입고 들어와서야 겨우 자리에 편히 앉을 수 있었다. 일 년 열두 달 넥타이에 긴 팔 와이셔츠를 입어야 하던, 나름 승승장구하던 시절이었다.

그리고는 곧, 지옥 같은 나날들이 찾아왔다.

하루가 멀다 않고 집으로 날아오는 각종 독촉장과 우편물들. 발신자는 금융기관, 신용정보회사, 법원, 아파트 관리실 등이었다. 그리고 예고 없이 불쑥불쑥 찾아오는 신용정보회사 직원들. 그럴 때마다 뒷목이 뻣뻣해지고 뜨끔뜨끔 심장이 멎는 것 같은 통증을 느꼈다.

살던 아파트의 경매 일이 잡히던 날 밤에 집안에 갇혀 있기가 두려워 집 밖으로 나와 보니, 세상은 아무 일 없이 평소와 같이 돌아가고 있었다. 퇴근하는 사람, 아파트 단지로 들어오는 차, 나가는 차, 아파트 단지 앞 카페 거리에는 데이트에 여념이 없는 젊은 남녀들, 넘쳐나는 풍요로움. 그 속에 내 자리는 이제 더 이상 남아 있지 않았다.

번화하고 화려한 거리 중간에 이방인이 된 채 멍하니 서 있는 내 앞을 급히 스쳐 지나가는 한 장년 남성이 있었다. 두 개의 휴대폰을 양손에 나눠 들고 번갈아 바라보며 멜빵 가방 하나 어깨에 메고 바삐 움직이는, 누가 봐도 대리 기사.

맞다, 이렇게 식물인간처럼 늘어져 있느니 차라리 대리 기사라도 뛰어 보자. 자신은 없지만 이 자신 저 자신 가릴 여유조차 없이 집안 경제 사정은 긴박했다. 급히 집으로 뛰어 올라가 컴퓨터를 켜고 '대리 기사'를 검색하자 관련 광고부터 블로그, 카페 등 관련 자료가 마치 방바닥에 내던져진 두루마리 화장지처럼 펼쳐진다.

대리 기사모집, 알바, 투잡, 왕초보 가능…

광고 문구들이 번잡스럽기까지 했다. 그중 몇 군데를 골라 전화도 해봤다. 다 똑같은 얘기. 자기네 사이트에 가입을 하면 책임지고 하루에 최소 몇 건씩은 연결이 되고 그 정도만 해도 월수입 얼마에…

곰곰이 이것저것 따지다 보니 궁금한 점이 꼬리를 물고 수면 위로 올라왔다. 너무 많은 정보와 생각이 뒤엉켜 혼란스럽던 중 갑자기 한 친구가 생각이 났다. 어린 시절의 동네 친구. 지금은 개인택시를 몬다. 대리 기사 회사에 전화해서 귀동냥하기보다 그 바닥에 있는 친구에게 물어보는 편이 나을 것이었다.

오랜만에 내가 아쉬워 갑자기 연락하긴 좀 뭣했지만, 그래도 친구니까.

염치는 없지만 전화를 걸었다. 몇 마디 덕담 끝에 '대리 기사' 얘기를 꺼냈더니 이 친구 잠시 반응이 없다.

'대리 기사? 네가 대리 기사를 하겠다고? 너 요즘 어렵다고 하더니 여기까지 왔냐…'

잠시의 침묵은 아마도 그런 뜻이었을 것이다. 그는 우선 내 진정

성을 확인하려 했고, 그 다음엔 나를 연신 말리기 시작했다.

요즘은 그쪽 경쟁이 너무 심하다. 대리 연결 사이트 한 군데 가입하면 밥 굶기 십상이고 두어 군데 가입해야 하는데 그 비용만 해도 수월치 않다. 버스나 전철 다닐 시간대에는 좀 낫지만 대중 교통 끊어지고 나면 택시로 이동해야 하는데 그 교통비도 감당해야 한다. 대리 기사만 상대하는 전문 봉고도 있다고 하지만, 하여튼 이거 떼어주고 저거 뜯기고 나면 글쎄. 초창기에는 대리 기사 재미가 쏠쏠했다더라. 잘된다고 하니 너도나도 달려드는데 우리 나이가 지금 몇이냐. 요새 젊은 친구들이 얼마나 잽싸게 움직이는지 그 순발력은 못 당해낸다.

모처럼 다잡았던 내 결의는 친구의 말을 핑계 삼아 다시 흐트러졌다.

'힘들겠구나, 역시…'

그러면 그렇지 싶었다. 급한 김에 대리 운전 기사라도 해 보자고 마음을 다잡는 척은 했지만, 그때 나는 핑곗거리를 찾고 있었던 것은 아닐까. 그 직전까지 안이하게 살아온 내가 대리 기사는 무슨. 경쟁도 치열하지 않고 설렁설렁할 수 있는 일 어디 없나 두리번거리다가 마침 옆을 지나가는 대리 기사 한 분을 보고 '어디 그럼 나도 한 번…' 하는 마음을 먹어 봤을 뿐이었다.

이 세상천지에 쉬운 일이 어디 있다고. 지금까지 쉽게 쉽게 살아올 수 있었던 것만 해도 운이 억수로 좋았지. 번개처럼 내 옆을 스쳐 목적지를 향해 발걸음을 재촉하는 저 대리 기사에게 미안하고 죄송했다. 치열하게 살아가는 저분에게 경의를 표한다.

대리 기사 양반, 저도 지금 여기서 나름 최선을 다하고 있습니다요. 2주에 한 번씩 돌아오는 쓰레기 분리수거 때에는 육체적으로는 물론이고 정신적으로도 한계점 직전까지 갔다 오곤 한답니다.

댁도 밤에는 대리 기사로 뛰시지만 낮에는 다른 일도 하시겠지요, 아마도. 두 직업 또는 그 이상으로 치열하게 삶을 이겨 내고 계시는 당신, 저와 하이파이브 한번 하시죠, 마음 속으로.

아자…

16

어느 부부의
열대야

2018년 6월

2년 전, 2018년 여름엔 정말 고생 많이 했다.

때는 6월 중순, 우리 부부가 싸구려 월세방을 겨우겨우 얻어서 간단한 살림과 함께 피곤한 몸을 막 풀었을 때다. 무슨 더위가 6월부터 그리도 극성인지. 에어컨 없는 여름이 그리 무서운 걸 그때 처음 알았다. 열대야는 그해 따라 9월까지 계속되었고 미세먼지에 황사에 하늘은 뿌옇고 거무튀튀하기까지 했다.

낮에는 완전히 찜통이어서 집에 있기가 힘들었고 밤에도 거의 매일 열대야가 찾아왔다. 매일 밤 뒤척이다 깨기를 몇 번씩. 도저히 참을 수 없어서 찬물을 뒤집어쓰기 위해 비좁은 화장실에 들어가 찬물을 틀어 보지만 찬물마저 뜨뜻해진 열대야. 그나마 데워진 몸에

뿌리고 다시 잠을 청해 보지만 그것도 그때뿐이고 금세 땀이 났다.

어찌어찌 토막잠을 자다가 새벽녘에 목이 따가워서 깨곤 했다. 열어놓은 창문을 통해 여과 없이 집안으로 들어온 미세먼지를 밤새 마신 탓이다. 화장실에 가서 기침을 해 보면 회색빛 가래가 나왔다. 말없이 묵묵히 견뎌 나가고 있는 집사람 얼굴을 마주 대하기 어려웠다. 그만큼 면목이 없었다. 물론 더 열악한 환경에서 살아내는 분들께는 이마저도 사치스러운 얘기일지도 모르겠지만.

2020년 8월

고된 경비 일이지만 매달 봉급이 나오고 그 빠듯한 돈을 쪼개고 쪼개 가끔씩 집사람과 함께 집 근처 짜장면집에라도 간다. 올해는 코로나 재난 지원금까지 나와서 외식기회가 좀 늘었다. 소소한 행복.

지금에 와서 종종 2018년의 그 뜨거웠던 여름을 돌이켜본다. 그나마 정신을 차리고 이 일이라도 시작했으니 다행이다. 좀 더 일찍 시작했더라면, 집사람 고생은 덜 시켰을 것이다. 그때의 나는 아파트 경비원으로 일할 생각은커녕 상상조차 하지 못했다.

쉬는 날, 저녁 밥시간 전에 일찌감치 식당에 찾아가서 창가 자리라도 차지하게 되면, 집사람은 작은 행복감에 환한 미소를 짓는다. 그럴 때면 나는 아, 이게 행복이구나, 하고 조용히 따라 웃는다. 지금 나는 행복의 정점에 서 있다고, 감히 말하고 싶다. 그런 여름 장마 속 이른 저녁 시간이다.

어쩌면 행복을 느끼는 감각이 예전보다 더 예민해져 있는지도 모르겠다. 과거에 고급 차를 몰고 멤버십 리조트에 가서도 사소한 일로 짜증을 내거나 언쟁을 벌이곤 했다. 지금은 기억조차 나지 않는 아주 조그만 일로.

왜 그때는 지금의 이런 행복을 알지 못 했을까. 지금은 비록 재산세 고지서 한 장 나오지 않는 빈털터리지만. 오늘도 작은 행복을 낮은 자세로 감사하게 누린다.

17

나의 처지가
나의 선생이 된다

2018년 10월

[오전 2시]

야심한 이 시간에 모자를 눌러 쓴 한 여성이 리어카에 우유 박스를 싣고 아파트 단지로 들어온다. 마스크까지 해서 잘 알 수는 없으나 청바지 차림을 보니 30대가 아닐까. 아이가 있어도 한참 있을 나이인데 어떻게 이 새벽에 혼자서 일을 나왔을까. 여성이 하기에는 참으로 힘들고 어려운 일이다. 애들 아빠는 없나. 아니면 맞벌이 부부인가. 혹시 부모를 잘못 만나 실수로 채무라도 물려받아 갚아도 끝이 보이지 않는 빚의 덫에 걸렸을까. 아, 일찌감치 상속 포기를 했더라면 좋을 것을. 그의 속사정은 전혀 모른 채 나 혼자 소설을 쓰고 있다. 어떤 사연이 있는지는 알 수 없으나 참 고생이다.

손수레에 우유 몇 상자 싣고 다니는 게 무슨 큰일이냐고 대수롭지 않게 여긴다면 그건 손수레를 끌어보지 않은 사람임이 틀림없다. 직접 해보면 결코 쉬운 일이 아님을 곧 알게 된다. 빈 손수레도 만만히 볼 무게가 아니다. 시험 삼아 공사장을 지나갈 일이 있으면 슬쩍 가서 옆에 세워 놓은 손수레를 잠시 끌어보면 바로 알 일이다. 게다가 움직이는 바퀴 달린 수레 위에 짐을 부려서 목적지로 옮기는 일이란. 특히 오르막이나 내리막을 이동하기란 더욱 어렵고, 생전 처음 다루는 사람이라면 극히 위험한 작업이기도 하다. 사실, 최근에 내가 직접 해 보고서야 내린 결론이다.

아마도 그 여성은 근처의 대리점에서 우유를 받아다가 이 아파트 단지의 집집이 배달을 하는 모양이다. 여기만 해도 3천 세대의 대단위 아파트 단지이니 물량이 꽤 될 것이다. 우유 업체에 따라 고객 수가 나뉘기는 하겠지만.

[오전 3시 20분]

새벽 순찰을 다녀오는 길이다.

소요 시간은 20분 정도, 운동 삼아서라도 순찰은 착실히 돈다. 관할 지역을 자주 다니다 보면 취약 지역이 어디인지 손에 잡힐 듯 알게 된다. 대원들 중에는 적당히 요령을 피우는 사람도 없지 않아 있지만, 자신을 위해서도 입주민의 안전을 위해서도 그러면 안 될 일이다. 우둔해 보여도 성실한 만큼, 약삭빨라 보여도 요령 피우는 만큼, 그 대가는 언젠가 반드시 따라온다는 사실을 이제는 몸으로 배워 알고 있다. 너무 늦게 철이 드는 체질인 모양이다, 나는.

순찰을 한 바퀴 돌고 들어오니 등에 땀이 축축하다. 음악이라도 들을까 싶어 휴대폰을 만지작거리고 있는데 아까 우유배달 하던 그 여성이 한결 가벼워진 손수레를 끌고 반대편에서 온다.

얼추 배달 일을 끝마친 모양이다. 배달만 꼬박 1시간 반을 넘게 한 셈이다. 대리점에서 오는 시간까지 합치면 대략 최소 2시간 이상을 일했겠다. 무거운 손수레로 집집마다 우유를 나르는 일은 절대 만만하지 않을 것이다.

무슨 사연이 있는지는 모르지만 고생을 마다치 않는 저 여성에게, 부디 은총을 내려주옵소서. 여성의 몸으로 감당하기 힘든 저 배달 손수레만큼의 삶의 무게를 제발 덜어주소서. 저도 어지간히 급합니다만, 저기 더 급한 사람이 있습니다.

[오전 4시 20분]

이번에는 음식물 쓰레기차가 들어온다. 오늘은 반드시 손 인사라도 나누리라 하고 미리부터 기다린 터다. 다른 데를 먼저 들러서 오는지 코스가 변경된 건지 평소보다 1시간쯤 늦게 들어온다. 원래는 새벽 세 시 반쯤 우리 아파트 단지로 들어와야 했다.

얼른 초소 밖 입차 차단기 쪽으로 모자를 고쳐 쓰고 나간다.

"안녕하세요. 수고가 많으십니다!"

대형 차량인지라 차량의 소음이 크다. 나의 말이 안 들릴지 모르지만 일단은 마스크를 쓴 운전 기사에게 깍듯이 거수경례를 보낸다. 그러자 그도 매우 절도 있는 반 경례로 답을 보내온다. 마스크로 얼굴을 다 가려져 눈만 드러난 모습이지만 그는 분명히 웃고 있다. 사람 사이의 인사도 그 인사를 받아주는 사람도 언제나 반갑고 고맙다.

평소에 멀리서 그들을 볼 때마다 나는 나대로 상상했다. 사회에 대한 적대심 같은 게 도사리고 있는 것처럼 보인 것은 내 편견이었을까. 그는 자신이 하는 일에만 눈을 둘 뿐 그 외의 삼라만상은 거들떠보지도 않는 듯 보였다.

'나보다 편하게 잘 사는 사람들 꼴도 보기 싫고 어쩌다가 우연히 마주치는 연민의 시선도 싫다. 내가 이 일 하는 것 보여주고 싶지도 않다. 그저 나는 마스크 뒤에 숨어 힘들고 냄새나는 노동을 해서 내 식솔들과 함께 밥 먹고 살 수 있으면 그뿐인 것을. 지금 이 자리에 있는 내가 누구이고 과거에는 누구였는지 알리고 싶지도 않고 알려야 할 이유도 없다.'

달리는 차 뒤에 위태롭게 매달린 미화원에게도 한 번 더 정중한 거수경례를 붙인다. 그는 꽁무니에 매달린 채 황급히 허리를 숙여 답례를 보내온다. 아마도 '하하 무슨 거수경례씩이나, 그쪽도 수고가 많으십니다요.'라는 몸 인사. 미화원인 그들도 경비원인 나도 사회적으로 대우받지 못하는 직업에 종사한다는 일종의 연대감을, 그리고 고생하는 비슷한 처지라는 공감대를 공유하고 있을 것이다. 그 입장을 떠나 그 누구라도 고생하고 수고하는 이웃에게 진실하고 겸손한 자세로 따뜻한 인사를 먼저 보낸다면 그 마음은 반드시 전해지리라 믿는다.

나락에 떨어져 보니 전에는 보이지 않고 알지 못했던 타인의 삶이 눈에 들어오기 시작한다. 특히 그 거울 앞에 선 나의 모습 또한 눈에 들어온다. 몸이 낮아지고 난 후에야 비로소 나의 눈높이가 움직인다. 나의 한심함을 뼈저리게 통감하면서 지금 나의 처지가 나의 선생이 되었음을 느낀다.

18

나도 누군가에게는 윗집이면서
또한 아랫집이다

우리나라 주택 문화는 곧 아파트 문화라고 해도 크게 틀리지 않을 것이다. 나와 같이 일하는 경비원 동료들 중 80% 이상은 다 아파트에 산다. 집에 들어가면 입주자 '갑'이 되고 일터에 나오면 경비원 '을'이 된다. 동료 중 분위기 메이커가 한 사람 있는데 그는 우선 잘 웃는다. 내가 처음 여기서 일을 시작할 때도 제일 먼저 웃어준 사람이다. 나도 그를 닮으리라 마음먹지만 그때뿐이고 잘되지 않는다. 그간 살아온 삶의 태도를 바꾼다는 게 말처럼 쉬운 일이 아니다.

얼마 전 다른 동료가 입주민에게 갑질을 당했다고 얼굴이 부어 있자 그 분위기 메이커 동료는 "집 아파트에 돌아가면 갑질 한 번 찐하게 해서 갚으세요."라고 말하면서 웃는다. 물론 우스갯소리지만 그만큼 우리는 모두 아파트에 둘러싸여 있다. 경비원들은 나가나 들어가나 모든 공간이 아파트다. 일도 아파트에서, 일상도 아파트에서.

아파트는 성냥갑을 쌓은 것처럼 차곡차곡하다. 비둘기집처럼 서랍 문을 다닥다닥 만들고 한 세대씩을 밀어 넣으면 아파트 한 동이 된다. 그것이 인구 밀도에 따라 효율적으로 만들 수밖에 없는 한국형 아파트일 것이다. 우리 집 안방 오른쪽 벽은 옆집 안방 왼쪽 벽이 되고 그 집 화장실과 우리 집 화장실은 데칼코마니처럼 붙었다. 게다가 건축법에서 정해둔 최저기준에 맞추다 보니 당연히 벽도 얇고 천장도 얇다. 내 집 천장과 윗집 바닥이 얇다는 얘기다.

얄팍한 게 어디 벽과 천장뿐이랴. 방음시설도 최저의 재질과 구조로 들이 밀어서 윗집 아랫집 왼쪽 집 오른쪽 집 모두 소음을 공유하며 산다. 부부 싸움하는 소리, 애 야단치는 소리는 물론, 모든 소음이 거침없이 전달된다.

요즘 짓는 아파트들이야 건축법규도 강화되고 해서 많이 나아지고 있다고 하지만 내가 근무하는 아파트 단지는 완공된 지 10년쯤 되었다. 결국 층간 소음 민원이 끊이지 않는다. 그 피해와 책임은 입주민과 관리 업체가 모두 뒤집어써야 한다. 대개는 입주민 상호 간에 양보하는 선에서 마무리되기는 하지만 불미스러운 분쟁이나 사건 사고로 이어지는 일도 심심치 않다.

날씨가 추워지면 층간 소음 민원이 급증한다. 야외 활동이 줄어들다 보니 특히 아이가 있는 집들은 비상이 걸린다. 1205호에서 층간 소음 민원이 들어오면 경비실에서는 길게 생각할 것도 없이 그 윗집인 1305호에 인터폰을 한다. "저녁 시간에 죄송합니다. 인터폰이 와서 연락드립니다. 귀댁의 자제분이 조금 뛰는 모양입니다."하는 정도로 말문을 연다. "알겠습니다."하고 화답이 오면 일단 해결 무드다. 그러나 "아니, 우리 애는 안 뛰는데요."라고 하면 어정쩡해지고 "애들이 이 정도다 안 뜁니까. 이해를 해 주셔야죠!"라고 하면 위험해진다. 경비원들이야 이러나저러나 "예, 조금만 더 주의 부탁드립니다."하는 정도로 마무리하고 수화기를 내려놓는다.

아무래도 경비실을 거치고 나면 당사자들이 직접 부딪히는 것보다는 훨씬 완충이 된다. 아직은 큰 사단 없이 좋게 지나왔지만 늘 살얼음판이다.

분당 사는 친구 하나가 오래 살던 아파트를 정리하고 바로 옆 동으로 이사를 갔다고 했다. 옆 동으로 이사 갈 이유가 있느냐고 물었더니 층간 소음 분쟁으로 도저히 살 수가 없어서 이사를 했단다. 아무리 그래도 고작 소음 때문에 돈 들여 이사까지 했는지 잘 이해가 되지 않았다. 그러나 자세히 전후 사정을 들어보니 그럴만했구나 싶었다.

어느 날 친구의 집에 경비실로부터 인터폰이 왔다. 아래층에서 소음 문제로 민원이 들어왔으니 조용히 해 달라는 것이었다. "달랑 우리 부부만 사는데 무슨 일이지?"하고 아내에게 물으니 "찌개에 넣을 마늘을 몇 개 찧었더니 그새 인터폰이 오네."하고 미간을 찌푸리더란다. 마늘을 얼마나 많이 찧었기에 인터폰이 왔느냐고 하니 아내가 마늘 찧은 도마를 비스듬히 들어 친구에게 보여주는데, 겨우 마늘 서너 개였다. 그것도 도마 밑에 수건까지 깔고 잠깐 찧었다는 데…

한번은 주말에 아들 가족이 놀러 왔단다. 자식보다 더 예쁜 게 자식이 낳은 자식, 손자 손녀. 제 엄마 아빠가 잔소리를 제대로 못 하고 있으니 세 살짜리가 얼마나 자유롭게 부산을 떨었겠는가. 경비실에서 세 번이나 인터폰이 오더란다. 간만에 손자 아이가 놀러 왔고 아직 낮 시간이니 이해를 해 주시라, 곧 외식을 나갈 예정이라고 번번이 양해를 구했는데도 잠시 후 네 번째 인터폰이 왔다고 한다. 끝내는 유순하고 낙천적인 내 친구도 화가 났다. 경비실에 대고 불평 몇 마디를 했더니 나중에는 경비원이 현관까지 찾아왔고, 오랜만에 '큰맘 먹고' 집에 와 준 아들과 며느리 앞에서 마음이 편치 않았다고 한다.

그 이후로 불편한 전쟁은 계속되어 식구라고 해 봐야 부부 두 사람 사는 집에 발소리가 크게 난다느니 문 닫는 소리가 너무 크다느니, 논산 훈련소보다 군기를 더 잡는데, 가만히 보니 아래층 부부가 예민해도 보통 예민한 사람들이 아니더란다. 급기야 경찰을 부르고 방송국 기자도 다녀가고 소음 측정기까지 양쪽 집에 설치하고 한바탕 소동이 있은 후, 참다 참다 못한 친구네가 부동산에 집을 내놓았단다. 금방 매수자가 나타났고, 마침 옆 동네에 이사 갈 좋은 집이 나와서 일사천리로 이사까지 했다.

이사까지 했겠다, 이젠 끝났구나 싶었단다. 층간 소음 전쟁으로부터의 해방감을 만끽하며 새로 이사 간 집이 먼저 집보다 오히려 전망도 좋아서 이제부터 마음 편안한 인생이 시작되는구나 생각했단다. 며칠 앞이 탁 트인 전망과 자유를 만끽하며 지내고 있는데, 집을 팔아 준 부동산으로부터 연락이 왔다. 친구 옛날 집으로 새로 이사 온 사람들도 예민한 아래층 때문에 도저히 못 살겠노라고, 모든 비용을 다 댈 테니 계약을 무효로 해달라며 한 달 내내 졸랐다 한다. 분쟁이 심해지고 결국 친구의 집사람이 참고인인가 뭔가로 몇 번 오가는 맘고생을 마저 했다고 한다. 그래서 지금은 어떻게 됐느냐고 물으니 그는 씨익 웃으면서 "그거야 나도 모르지." 한다.

세상살이, 모를 일도 참 많다. 하긴 층간 소음 분쟁으로 살인까지 일어나는 세상이다. 위에서는 조심하고 아래에서는 이해하며 살면 참 좋겠으나 그게 말처럼 쉽지는 않다. 하기야 세상 일이 모두 말 같고 마음 같으면 얼마나 좋겠나.

많이도 필요 없다. 지금까지 살아왔던 것보다 조금만 더 배려하고 참아주면 될 일이다. 나도 누군가에게는 윗집이면서 또한 아랫집이다. 아파트에 산다는 건, 더불어 사는 삶을 배우는 일이기도 하다. 언제 또 이런 비둘기집 같은 구조 안의 이웃사촌이 되어 보겠나.

19

혼자 우는 개,
그리고 취객

2019년 1월

[오후 11시]

2인 1조로 야간 순찰을 돌고 있는데 보안실로부터 무전이 들어왔다. 나의 관할 구역 130동 602호에서 소음 관련 민원이 발생했다는 것이었다. 관리실이나 보안실로서 가장 우선순위에 두고 시급히 처리해야 하는 것이 바로 입주민으로부터의 민원이다. 순찰을 돌다 말고 뛰어갔다.

민원을 넣은 댁에 찾아가니 점잖은 애 아빠가 현관문을 열고 나오는데 윗집에서 강아지가 너무 짖는다는 것이었다. 저녁부터 참고 있었는데 늦은 시간까지 그치지 않아 관리실에까지 연락을 한 모양이었다. 현관 입구에 서서 들어보니 잘 알 수가 없다. 잘 안 들린다는 표정을 짓자 잠깐 집안으로 들어와서 들어보라고 한다. 거실로 들어가자 초등학생 꼬마 남매가 거실 가운데에 테이블을 놓고 공부를 하고 있었다. TV가 놓일 자리는 책장과 책꽂이가 대신하고 있고, 거실이 아니라 도서실 같은 면학 분위기였다. 이 집의 부모가 자녀 교육에 얼마나 열과 성을 다하고 있는지 한눈에 알 수 있었다.

그때, 개 짖는 소리가 들려왔다. 위층이었다. 702호로 뛰어 올라갔다. 문 앞에는 배달된 택배 상자가 몇 개 놓여 있고 현관문에는 광고지 두어 개가 너덜너덜 붙어 있다. 빈집이다. 그 안에서 강아지 짖는 소리가 난다. 낯선 사람을 향해 우렁차게 짖는 게 아니라 울부짖는 소리다.

상황은 금방 파악됐다. 주인이 집을 비운 상태고 강아지 혼자 집을 지키는데, 배가 고팠는지 아니면 저도 무섭고 외로워서 그랬는지 혼자 안에서 울고 있는 것이었다. 보안실에 상황을 보고하고 집주인에게 연락을 취해볼 것을 의뢰했다. 곧 답이 왔다. 통화가 어렵사리됐는데 주인집이 지방 여행 중이란다.

민원을 넣은 아랫집에 내려가서 상황을 설명했다. 사람 좋아 보이는 애 아빠는 순간 난감한 표정을 지으면서도 수고 많으셨다는 인사를 잊지 않았다. 뒤돌아서서 엘리베이터를 막 타고 내려가려는데, 그가 나를 다시 불러세운다. 그러고는 비타민 음료 한 병을 건네준다, 수고하셨다고. 나도 "자녀분들 공부하는데 윗집이 소란스러워서, 방법은 없고 참 죄송합니다."라고 인사를 주고받으며 내려왔다.

반려견을 홀로 두고 집을 오래 비우면 안 된다. 주변에 민폐를 끼칠 수 있다. 그리고 홀로 남아 있는 저도 얼마나 외롭겠는가. 아프니까 저리 우는 것에 틀림없다. 배가 고팠든지, 목이 말랐든지, 아니면 무섭고 외로웠든지. 녀석은 짖는 게 아니라 구슬프게 울고 있는 것이었다. 현관을 바라보면서 그렇게 계속 울었을 것이다. 외롭고 고통스러웠을 불쌍한 녀석. 결국 잔인한 것은 사람이다.

[오전 12시 반]

오늘도 긴 하루였다. 새벽녘에 내린 눈을 오전 내내 치우는 것부터 시작해서 매시간 실시되는 순찰 업무, 야간 순찰, 밤 11시 층간소음 민원까지. 너무 피곤하면 잠이 잘 안 올 수도 있겠다고 걱정하며 잠자리에 든 지 얼마 지나지 않아 무전기가 울렸다. 그새 잠이 들었던 모양이었다. 115동 앞 인도에 취객이 쓰러져 있다고 한다.

단추를 중간중간 반만 채워가며 주섬주섬 옷을 차려입고 뛰어나간다. 1월 중순, 밤 1시가 넘은 시각, 바깥 기온은 영하 4도. 길에서 정신을 잃거나 잠들어 버리면 위험한 상황이 될 수도 있다. 마음이 급했다. 115동이 저기 보이는데 팀장이 현장에 벌써 와 있었다. 담당 대원이 팀장보다 늦게 현장에 도착이라니, 죄송한 마음. 잠자리에 들었다가 옷을 다시 입고 나오는데 시간이 소요된 탓이었다.

40대 초반의 취객, 넥타이에 짧은 코트 차림. 아마도 직장인. 팀장과 나 둘이서 흔들어대도 인사불성 일어날 줄 모른다. 우선 상체를 일으키기로 했다. 영하의 날씨에 차가운 길바닥에 누워 더 이상 체온을 빼앗겨서는 안 된다. 반쯤 일으켜 세웠으나 다시 널브러지기를 수차례. 팀장이 지시한다.

"최 대원님, 112에 전화해서 경찰을 부릅시다."

"넵."

바로 112로 전화를 돌린다.

"여보세요, 여기 ○○ 아파트입니다. 115동 앞인데요, 취객 한 분이 쓰러져 계셔서…"까지 말하는데, 대자로 누워있던 취객이 영화 〈부산행〉의 좀비처럼 부스스 일어나 앉는다. 조금 전까지도 인사불성이 되어 차가운 길을 안방 삼아 누워있던 사람이.

"아, 일어나셨네요. 상황 봐서 다시 전화 드리겠습니다."

일단 경찰서와 통화를 끝낸다. 일어나 앉은 취객을 팀장과 함께 겨우 일으켜 세우는 데 성공하고, 그에게 몇 동에 사는지 묻는다. 그는 손가락으로 116동을 가리킨다. 겨드랑이에 팔을 넣어 부축하려고 하니 괜찮다는 몸짓을 보인다. 그는 나와 팀장의 근심 어린 눈을 뒤로 하고 비틀거리는 발걸음으로 집을 향해 걷는다. 그래도 저 정도면 무사히 귀가할 수 있겠구나 싶다.

경찰서 소리만 들어도 술이 깨는 수가 있었네. 팀장과 마주 보며 웃었다. 아픈 환자가 의사 앞에 가면 저절로 낫는 경우가 심심치 않게 있다고 들었다. 소화제를 사러 약국 문턱을 넘는 순간 체기가 내려가기도 한다더니.

지난 가을에는 구두를 단정하게 가지런히 벗어두고 아파트 공동 현관 옆에서 자켓을 이불처럼 덮고 잠든 취객도 있었다. 신원을 확인할 수 없는 만취자의 경우 가까운 지구대에 협조를 요청할 수밖에 없다. 바쁜 와중에도 이른 시간 늦은 시간 밤낮을 가리지 않고 달려와 주는 경찰관들이 새삼 미덥고 감사하다. 수고하시는 그들에게도 감사의 인사를 드린다.

경관님들, 당신들 덕분에 우리 모두 발 뻗고 편안히 잡니다. 아파트 경비실도 덕분에 평안합니다. 수고하세요. 고맙습니다.

20

수상한 남자의 출현,
그리고 슬픈 민원

2020년 9월 15일

[오전 9시 반]

지지직, 무전기가 울린다. 아아, 105동 민원 발생. 수상한 남자가 아파트 근처에서 서성댄다는 민원이 무전을 타고 다급하게 넘어온다. 하필이면 그 동 담당이 오늘 휴가다. 나는 마침 관할 구역 순찰을 마치고 막 초소로 돌아온 터라 여유가 있는 편이었다. 옙, 제가 가보겠습니다. 무전으로 알리고 급히 달려갔다. 자전거를 타고.

내 담당 구역으로부터는 제법 떨어진 동이었지만, 고참이 이 정도는 해 줘야지. 어느새 근무 3년 차가 된 나는 여기에서는 제법 고참 축에 들어간다. 처음 경비원이 될 때는 무슨 일이든 하자는 마음이었는데 이렇게 오래 착실히 일하게 될 줄은 몰랐다. 대부분이 경비원들이 1년을 못 채우고 떠난다. 특히 수습 기간 3개월만 채우고 가는 일이 많다. 자의 반, 그리고 타의 반의 떠남.

105동 현장에 도착해 급히 둘러봤지만 수상한 사람은 눈에 띄지 않는다. 이상하다. 1층 출입 현관은 3개. 공동현관 안쪽을 살펴보기 시작했다. 1-2호 라인 현관 이상 무. 3-4호 라인 현관 이상 무. 5-6호 라인 현관, 어, 이상. 서성대는 건장한 청년의 뒷모습이 시야에 들어온다. 꽤 덩치가 있는 편이다. 우선 짧게 민 머리에 뒷목이 두껍다. 운동선수인가. 순간 무전기를 다잡는다. 여차하면 무전을 보낼 것이다. 마스터키를 대고 공동현관을 들어가는 소리에 그 청년이 나를 바라본다. 구레나룻이 시커멓다. 눈썹도 진하고 이목구비가 뚜렷한 거무튀튀한 얼굴색. 수상한 놈치고는 멋있네. 그런데 그 덩치치고는 눈매가 참 순진하다. 악의가 없는 그 눈에 순간 마음이 놓인다.

"무슨 일이십니까?"

"……"

"여기 사세요?"

"에?"

에, 에라니, 여기 입주민인지 재차 묻자

"어, 여기 살아여…"

뭐야, 애잖아. 마음이 놓인 나는 말도 같이 놓기 시작했다.

'어디야, 몇 호에 살아?' 내가 묻자 손에 들고 있는 전화기를 열어 무엇을 친다. 거기에는 1605라는 숫자가 크게 뜬다. 아, 1605호에 사는 모양이다. 한층 더 마음을 놓으며 그럼 집에 빨리 들어가, 하고 말하자, "엄마 없어. 엄마 없어."하고 칭얼댄다. 정신적으로는 한서너 살 된 아이려나. 어눌한 말투. 뇌성마비를 앓았는지도 모르겠다. 저런, 자세히 보니 한쪽 팔과 다리를 조금씩 전다.

"엄마 어디 가셨어?"

"엄마 없어, 엄마 없어. 아니, 회사 갔어. 회사 갔어."

덩치나 외모로 보면 젊은 여성들이 호감을 가질 만한 23~4세의 든든한 호남형이다. 그러나 눈매나 말하는 품새는 서너 살 어린애다. 육체와 두뇌 사이에 20년의 틈이 벌어진 이 사내를, 어쩌면 좋을까.

그때 승강기가 열리며 유치원복을 예쁘게 차려입은 여자아이를 애 엄마가 데리고 나오다가 우리를 보고는 애를 뒤로 가리며 지나간다. 애 엄마에게 묻는다.

"이 사람, 여기 사는 사람 맞나요?"

"네, 맞아요. 15층인가 16층인가 사는데…"

그는 말을 흐린다. 내가 다시 그런데요, 하고 덧붙여 묻자, "사람은 착한 것 같은데 우리 애들이 무섭다고… 아휴, 같이 애 키우는 입장에서 뭐라 말하기도 그렇고, 이사 갈 수도 없고, 그렇다고 우리가 이사 갈 수도 없고, 참…"하며 말을 흐린다. 아, 그렇군요. 노오란 유치원 모자를 예쁘게 차려 쓴 꼬마 아가씨에게 "와, 유치원복 이쁘게 입었네, 잘 다녀와."하는 인사로 그 모녀를 보낸다.

그리고 이 친구를 다시 보자 새삼 인물이 아깝다. 이 훌륭한 외모에, 쯧. 이 청년은 조금 전 스쳐지나간 유치원생 꼬마가 입었던 유치원복도 제대로 한 번 못 입어 봤을지 모른다. 굵고 진한 눈썹 밑으로 무심하고 순진한 눈동자를 굴리고 있는 청년의 잘생긴 얼굴을 보자 울컥, 슬퍼지고 말았다.

경비원 아저씨의 갑작스런 출현에 겁을 먹은 듯 보이는 순진무구하고 얼룩말 같은 총각. 입고 있는 츄리닝 바지 아랫도리로 무의식중에 이따금 씩 손이 간다. 동네 여학생이라도 이 친구를 승강기에서 맞닥뜨리면 기겁을 할 것이다. 해당 동뿐이 아니라 근처 인근의 입주민들에게도 결코 반가울 리가 없다. 사정은 충분히 이해가 되고 딱하다. 부모는 이 아이가 청년이 다 될 때까지 어떤 마음으로 키워냈을까. 하루하루 전쟁 같은 나날이었으리라 미루어 짐작한다. 아니, 감히 함부로 짐작할 수조차 없다. 앞으로도 모래알같이 많은 날들은 어떻게 헤쳐나갈 것인가? 보호자로서 평생 짊어지고 가야 하는, 업이겠다. 나와는 상관없는 타인의 일이라고 가볍게 여기기에는 너무나 가혹하다.

지금은 남의 집이 되어버린, 옛날 내가 살던 그 아파트에도 뇌성마비를 앓는 17~8세쯤 된 아이가 있었다. 그 집 어머니의 소원은 단한 가지. 그 애를 하늘나라로 보낸 후 하루쯤 뒤에 따라갈 수 있게 해주소서, 하는 것이었다. 장애를 가진 아이를 키우는 모든 부모의 마음이 아마도 그럴 것이다. 그들의 이 처절한 기도를 엿듣게 된다면 평범한 삶이 허락된, 나를 비롯한 나머지 사람들의 삶은 사치에 가깝지 않을까. 자식과의 불화, 고부 간의 갈등, 모두 부끄러운 일이다.

이 단지에는 등이 굽은 신사 한 분도 산다. 키가 아마, 130cm 정도 되려나. 그가 아드님과 같이 나가는 걸 우연히 본 일이 있다. 고등학생 정도 나이의 그 아드님은 다행히도 정상 체격이었다. 아버지의 마음은, 그리고 철이 일찍 난 듯 보이는 저 의젓한 고등학생 아드님은… 아, 차마 '아들'이라는 표현을 쓰지 못 하겠다. 함께 걸어가는 그 모습이 너무도 거룩해 보였기 때문이다. 자연스럽게 고개가 숙여지고 말았다. 자라는 동안 철모르는 친구들의 놀림이나 남다른 시선을 수없이 받았을 것이다. 따지고 들면 어려움이 어디 한두 가지뿐이었겠는가.

그 떠거머리 총각을 데리고 승강기를 탔다. 집에 가기를 원치 않는 그를 겨우 달래서 태우고는 16층 버튼을 눌렀다. 집에 가서 TV도 보고 먹을 것도 먹고 놀고 있으면 엄마가 곧 오실 거라고. 그러나 본인은 끝까지 집으로 돌아가질 원치 않았다. 하기야, 엄마가 일하러 가고 난 혼자 남은 빈집에서 뭘 하겠나.

승강기가 움직이는 동안 계속 달래 보긴 했지만, 본인은 끝까지 집으로 돌아가길 원치 않아 보이는 눈빛이 역력했다. 동요 '섬집 아기'의 아기는 엄마가 재워 두고 섬 그늘에 굴 따러 간다지만 육체적으로는 다 커 버린 이 총각은 엄마가 집에 돌아올 때까지 뭘 하겠는

가. 답답하고 심심하니 당연히 밖에 나가고 싶겠지.

보통 아이들 같으면 친구들과 축구를 하든지 한창 소개팅을 하고 여자친구를 사귈 나이에 이 총각은 친구가 있을 리 없고. 돌봐줄 교육기관이 있겠지만 거기서 24시간 교육 및 관리를 해 줄 리도 없고. 결국 홀로 외톨이가 되어 동네 사람들의 기피인물이 되어간다. 저 애의 어머니는 공부 안 하고 빈둥거리거나 컴퓨터게임에만 빠져서 속깨나 썩이는 청소년의 부모들조차 얼마나 부러울까.

집에 들어가는 것을 보고 현관문이 완전히 닫히는 것까지 확인한 후 승강기를 타고 내려왔다. 집에 안 들어가려는 애를 억지로 집 안에다 밀어 넣은 것 같은 죄책감을 느끼면서도, 나로서는 관할도 아닌 아파트 동에서 더 이상 시간을 보낼 수는 없다. 내 담당구역 일도 봐야 하기 때문이다. 나중에 팀장과 담당 대원에게 물어보니 그 장애아에 관해서 다들 알고 주시하고 있는 상황이었다.

결국, 수상한 남자가 출현했다는 민원은, 슬픈 민원이 된 셈이다.

장애를 가진 분들과 그의 가족분들에게 진심으로 깊은 위로의 말씀을 올립니다. 주변의 어림짐작보다도 더욱 어려운 일들이 늘 그리고 수없이 많으셨을 겁니다. 그것을 감당하며 의연하게 생활을 영위해 나가는 장애인 본인과 가족분들께 경의를 보내는 동시에 평소 그분들의 고통과 입장을 배려하지 못한 저의 삶을 부끄럽게 여깁니다. 더 낮은 자세로 겸손하게 살아가겠습니다.

부끄럽습니다. 죄송합니다.

21

입주민의
선물들

무더운 여름, 조금만 움직여도 작업 남방 안으로 땀이 흐른다. 그러나 덥다고 순찰을 건너뛸 수는 없다. 이십 분 정도 관할 지역 순찰을 다 돌고 돌아오는데 초소 앞에서 입주민 한 분을 만났다. 담당 경비원인 나를 기다린 듯하다. 안녕하세요, 하고 인사를 건네자 그는 저어 이거요, 하고 들고 있던 그릇을 건네온다. 두 손으로 받으며 보니 일회용 얇은 플라스틱 용기 안에 빨간 수박 화채가 들었다. 아유, 감사합니다, 잘 먹겠습니다. 그는 "네, 수고하세요."하고는 앞 동 현관으로 걸어 들어간다.

지나가던 길에 장바구니에서 캔 음료 한 개 꺼내주는 것도 아니고, 수박 화채를 정성스럽게 만들어서 이 무더위 속에 일부러 초소까지 가져오다니. 그 따뜻한 마음이 그대로 전해져 왔다. 감사합니다, 잘 먹겠습니다. 이렇게 넙죽 받아먹어도 괜찮은 건가요. 제가 어떻게 보답을 해야 할까요.

이곳 새로운 초소로 오기 전 이전의 초소에서 난 작년의 여름도 참 많이 더웠다. 그 여름 어느 날, 마침 분리수거일이어서 한창 바쁜 중에 갈증이 나서 물을 마시러 초소에 들렀다. 책상 위에는 검은색 비닐 봉지가 얌전히 놓여 있었다. 안을 들여다 보니 복숭아 몇 개가 들었다. 누가 갖다 놓았는지 인사를 할 새도 없이 놓고 가셨네. 몇 동 몇 호 사시는 분인지 메모를 남기고 가셨으면 나중에 인사라도 드릴 수 있을 텐데. 감사합니다, 잘 먹겠습니다. 허공에 대고 인사를 보낸다.

복숭아는 수분이 많은 과일이어서 허기도 채우고 갈증도 멈출 수 있으니까, 그날의 나에게는 최적의 과일 선물이었다. 우선 하나를 먹고 나머지는 저녁까지 중간중간 먹어야지 싶었다. 서랍에 넣어 두었던 과도를 요긴하게 사용할 기회가 왔다. 복숭아 한 개를 꺼내 들었다. 그런데 복숭아 껍질이 축축하고 미끌미끌했다. 자세히 보니 껍질이 무르고 색깔도 좀 이상했다. 상한 건가. 이 녀석은 나중에 시간이 좀 더 있을 때 과도로 도려내 가면서 먹기로 하고 다른 하나를 꺼내 먹기로 했다. 그런데 두 번째 복숭아의 상태도 처음 것과 별반 다르지 않았다. 전부 꺼내 보니까 모두 무르고 상한 상태다. 그때 언뜻 기억이 났다. 일전에 집사람이 복숭아는 냉장고에 보관하지 말고 빨리 먹어버리는 편이 낫다고 했다. 이 복숭아들은 아마도 냉장보관을 했던 모양이다.

왜 나에게 이런 복숭아를 주었을까. 먹자니 그렇고 그냥 버리자니 아깝고, 경비원에게 인심이나 쓰자, 하는 마음이었을까. 언젠가 서울 모처의 아파트 단지 5층에 사는 사모님이 1층 초소에 근무 중인 경비원을 창문 아래 불러 세워두고 먹을 것 못 먹을 것 먹다 남은 것들을 던져주곤 했다는 이야기를 들었다. 그 경비원도 죽을 맛이었겠다. 그 입주민에게 그러시지 말라고, 먹을 거 안 주셔도 된다고 하는 그 얘기는 차마 못 했을 것이다. 모르긴 몰라도 지나칠 때마다 감사하다고 잘 먹었다고 인사도 했을 것이고 굽신굽신하는 그 경비원 앞을 그 아주머니는 군림하는 자세로 지나쳤을 것이다. 씁쓸했다.

분리수거 작업을 하는 내내 상한 복숭아 네 개가 책상 위에 놓인 모습이 떠올라 괴로웠다. 상한 과일로 인심을 쓴 입주민의 그릇된 행위보다는, 이런 대접을 받아도 싼 이 자리에 와있는 나에게 문제가 있는 것 같아서였다.

그러나 상한 복숭아가 아니라 맛있게 잘 익은 총각김치를 가져다 주시는 입주민도, 늦은 밤 잉어빵 봉지를 들고 가다가 아직도 뜨끈뜨끈한 잉어빵 두 개를 꺼내어 초소 창문으로 밀어 넣어주고 가던 여학생도 있었다. 자신의 소중한 음식을 나누는 그 감사한 마음들. 입과 배를 채웠다는 물리적인 만족감보다도 경비원을 배려하는 그 따뜻함에 감사하다.

　입주민의 선물은 따뜻한 인사로부터도 온다. 초소를 옮기고 얼마 되지 않아 아침 교통정리를 하던 중, 누군가가 중간에 차를 세우고 말을 건다. 누구지, 혹시 교통정리 하는 내 자세가 불량했을까, 아니면 무슨 민원이라도. 내가 곁으로 다가서자 그는 "안 보인다 싶었는데 여기로 오셨네요."하고 인사를 건넨다. 자세히 보니 먼젓번 초소에 있을 때 초소 옆 동의 입주민이다. 나보다 대여섯 살 연배가 높은 남성이다.

　"네, 며칠 됐습니다. 안 그래도 인사도 못 드리고 왔습니다."

　"왜 그리 자주 옮겨요? 한 자리에 머물고 있어야 주민들 얼굴도 알고 그러지."

　"예, 6개월에 한 번 정도는 자리 이동을 합니다. 대원들 간의 업무 형평성도 무시 못 하거든요."

　"아, 그건 그렇겠지만 그래도 그동안 정이 들었는데, 쩝…"

　'쩝'하는 그 추임새마저 고맙고 감사하다.

　"수고하세요."

　"네, 다녀오십시오."

　경비원인 나를 기억하고 반가워해 주는 이가 있고, 이별을 아쉬워하는 사람이 있음을 안 것만으로도 행복했다.

　그날은 온종일 왠지 기분이 좋았다. 늦은 오후 무렵이 되어 나 자신에게 물었다. '나, 오늘 왜 이다지 기분이 좋은 거지?' 언뜻 돌이켜 봐도 딱히 그날 기분이 좋을 이유가 하나도 없었다. 그 시간부터 거꾸로 아침까지 거슬러 올라가며 따져보았다. 종일 기분이 좋았던 그 이유를 알게 된다면 내일부터라도 그렇게 기분 좋아질 일을 일부러라도 만들어 보리라는 생각 때문이었다. 시간 단위로 하나하나 벤자민 버튼의 거꾸로 가는 시계처럼 올라가다 보니, 아침 교통정리 시간에서 비로소 탐색이 끝났다.

이별을 아쉬워하는 인사와 웃는 얼굴, 그것이 오늘 내가 받은 가장 큰 선물이었다.

쓸데없이 심각한 표정으로 살아온 나를 되돌아본다. 우리 모두는 각자 외로운 존재들이다. 사람의 정에 굶주려 있으면서도 겉으로는 고고하고 엄숙한 가면을 쓰고는 가장무도회를 즐기고 있는 게 아닐까. 아니면 즐기고 있는 척하고 있는 건 아닐까.

22

주차단속 중 만난
'그 차'

2020년 7월 13일

새로운 초소로 옮겨온 지 이제 2주가 되었다.

이곳 경비원들은 6개월에 한 번씩 순환 근무를 한다. 대원들 간의 근무 형평성을 위해서다. 초소별로 담당하는 아파트 동 수도 차이가 나고 그에 따라 관리해야 하는 세대수가 다르다. 내가 근무했던 초소의 경우 8개 동 600여 세대, 담당해야 할 세대수가 가장 많았다. 분리수거도 오래 걸리고, 관리비 고지서 돌리는 일도 그렇고, 발생하는 민원 숫자도 가장 많았다. 단지 내에서 가장 담당 세대수가 적은 초소는 240세대, 그만큼 초소별로 업무량이 다르니 주기별로 초소를 이동하는 것이 형평성 원칙에 맞을 것이다.

지금 내가 맡은 초소의 담당 세대수는 350세대. 지난번에 근무

했던 초소보다는 훨씬 적다. 그래서 다른 초소에 손이 더 필요하면 제일 먼저 지원차 뛰어간다.

[오전 10시]

주차 단속 겸 순찰을 나간다. 이 아파트는 10년 전 건축 규정 대로 주차 면적을 결정해 지었는데 지금에 와서는 늘어난 차량의 수를 감당하기에 아무래도 역부족이다. 게다가 몰래 들어와 주차를 하는 인근의 얌체족 때문에 주차난이 가중된다. 끝없이 들어오는 주차 민원은 고스란히 경비원들의 업무로 떨어진다.

오전 오후로 1시간씩 주차단속을 한다. 입주민 차량과 방문 차량을 선별하고 방문 차량이 여기 입주민 세대에 방문한 차량이 맞는지 아니면 인근 지역에 왔다가 주차비를 아끼기 위해 들어온 이른바 얌체 불법 주차 차량인지 확인하는 작업이다. 지하 주차장 출입구등 주차 금지 구역에 주차한 차량도 단속 대상이 된다.

불법 주차 차량으로 확인이 되면 주차 위반 스티커를 차량 조수석 앞 유리창에 부착한다. 이것은 나름 섬세함을 요하는 작업이다. 스티커의 네 귀퉁이를 조금씩만 떼어내어 조심스럽게 조수석의 앞 유리창에 붙인다. 차량 소유자와 시비가 붙을 가능성을 최소화시키기 위한 나름의 노력이다. 자신의 차 유리창에 주차단속 스티커가 붙으면 누구라도 불쾌해질 것이다. 특히 일부 입주민의 경우 자신의 잘못은 염두에 두지 않고 경비원에게 삿대질을 서슴지 않는다. 분을 삭이지 못한 그의 앞에서 자기 손으로 붙인 스티커를 물을 부어가며 직접 떼어야 하는 곤욕을 치르는 일도 많다.

입주민이 주차 민원과 불평을 관리실에 퍼부으면 관리실은 관리실대로 경비원들은 주차 단속을 안 하고 뭐하느냐고 다그친다. 불법 주차 차량이 보이면 가차 없이 스티커를 붙이라고 노래를 한다. 그러나 정작 입주민과 문제가 생기면 관리실은 뒤로 물러난다. 책임지지 않고 나 몰라라 한다. 자신의 차에 스티커가 붙었다고 '난리 치는' 입주민이 있으면 담당 경비원을 불러 입주민 관리를 어떻게 하고 있느냐고 오히려 호통을 친다. 중간에서 악역을 도맡는 것은 힘없는 경비원들이다. 시키면 시키는 대로 하고 그 책임까지 홀로 짊어진다.

오늘은 늘 해오던 대로 지상에 주차된 차량을 한 대 한 대 확인해나가던 중 초소 건너편 주차장에서 언뜻 보기에도 꽤 낯익은 은회색 외제차를 보게 됐다. 뭐지, 반갑기도 하고 무섭기도 한 이 느낌은. 가까이 다가가 설마 하며 차량 번호판을 확인하는 순간 몸이 얼어붙는 듯했다. 차 번호까지 바뀌지 않은, 옛날 우리 집사람이 타고 다니던 차였다. 집사람의 차까지 급히 처분해야 했던 아픈 날이 있었다. 그게 7년 전쯤 된다. 옛날 반들반들 하던 차가 세월이 지나 그 윤기를 좀 잃긴 했어도 집사람이 탈 때마다 운전석 옆 면수건을 꺼내 닦고 닦던 그 차, 맞다. 그 차를 산 사람이 아마도 명의 변경만 하고 차 번호는 바꾸지 않고 그대로 타고 다니는 듯했다. 하필이면, 내가 새로 옮긴 초소 바로 앞 동에 사는 어느 입주민 소유의 차가 되어 있다니. 그 이후 그 차를 볼 때마다 가슴이 저렸다. '무능한 남편'이라고, 그 차는 나를 나무라고 있었다.

수년 전 아내가 타고 다니던 차를 보러오는 중고상마다 차량의 깨끗한 상태를 보고 놀랐다. 운전석에 앉아 보고는 주행 거리에 더 놀랐다. 주행 거리를 조작한 것 아니냐는 농담도 들었을 만큼, 중고라고 하기에도 민망한 차였다. 집사람은 그 차를 애지중지했다. 주차하기 힘든 곳이다 싶으면 택시를 타거나 대중교통을 이용할 정도였다. 최고가를 부른 중고차 딜러에게 차를 팔았다. 차가 서 있던 자리에 남겨진 나는 넋 빠진 사람처럼 한동안 서 있었다. 한참을 그러고 있다가 차에서 한 푼이라도 더 건지기를 기다리던 집사람에게 전화했다. 다른 말은 못한 채 미안하다는 얘기만 겨우 하고는 참았던 울음을 어린아이처럼 터뜨리고 말았다.

같은 고급차라도 외제차가 중고가격이 훨씬 높게 형성된다는 걸 그때 알았다. 외제차를 선호하는 수요가 많기 때문이 아닐까. 대금을 다 치르고 스페어 키까지 전달받아 운전석에 올라앉은 딜러에게 마지막으로 힘없이 쓸데없는 걸 물었다.

"이 차 어디로 갑니까?"

"예, 갈 데가 정해져 있어요. 여기서 조금 남쪽입니다."

조금 남쪽, 그 남쪽이 바로 이곳이었던 것이다.

그 차가, 이제는 남의 소유가 되어서, 하필이면 내가 경비원으로 일하는 아파트, 그것도 근무하는 초소 바로 건너편 지상 주차장에 서 있다. 근무 초소가 바뀌는 다음 순환 근무 시점이 되기까지 적어도 육 개월 동안은 그 앞을 매일 지나다녀야 한다. 그때마다 아플 것이다.

한없이 외로워졌다. 옛 번호판을 그대로 달고 있는 차 앞에서 한참을 서성댔다. 집사람 처음 만났을 때의 밝고 순진한 옆모습이 눈앞에 자꾸 밟혀서 차마 발이 떨어지지 않았다.

23

할머니,
죄송합니다

2020년 10월

인도 위에 떨어진 가을 낙엽을 밟으며 초소 앞을 지나는 저 할머니, 작은 유모차 모양의 노인 보행기에 의지해 한발한발 힙겹게 걸어 요 앞 슈퍼에라도 가시나요. 기역자로 꺾인 키와 보행기의 높이가 비슷하다. 저런 자세로 걸으면 무릎도 성할 리가 없고, 당장이라도 초소에서 뛰어나가 부축해 드려야 할 것 같다. 그러나 잠깐 거들어드린다 한들 내 마음뿐이지, 하는 생각에 그냥 바라보고만 있는 내가 안타깝다.

그 꼬부랑 할머니의 힘겨운 뒷모습을 눈으로 좇고 있자니 오래전에 돌아가신 우리 집사람 외할머니가 불현듯 떠오른다. 집사람의 어머니의 어머니. 그 당시 80세 중반도 넘으셔서 오늘 저 할머니처럼 허리도 구부정하셨던 외할머니. 지금은 시집가고 장가간 우리 애들 어린 시절에 성치 않은 관절로 번갈아 가며 초인적인 힘으로 안아 키우시던 할머니. 그럴 때마다 허리며 무릎은 또 얼마나 시리셨을까. 오늘따라 무척 뵙고 싶습니다, 할머니.

1980년대 중반, 그때까지만 해도 외국 출장 한번 다녀오면 동네 양키 물건 장사가 되던 시절이다. 일본 출장을 다녀오는 길에 비행기 탑승 전 공항 면세점에서 식구들 얼굴을 하나하나 떠올리면서 귀국 신고 치를 선물들을 고르고 골라 급히 비행기를 타고 김포공항으로 들어온다.

그때는 인천공항이 생기기 전이었다. 집으로 들어서고 나면, 거실에 외국에서 사 온 선물들을 죽 펼쳐놓고 즐거운 선물잔치 자리가 만들어진다. 그런데 그때, 선물 꾸러미를 하나하나 펼쳐놓으면서 순간 갑자기 식은땀이 났다. 공항 면세점에서 이것저것 선물을 사고 비행기를 탄 것까지는 좋았는데, 아뿔싸, 집에 계신 할머니 선물을 깜박한 것이다. 바깥 출입 없이 종일 집에만 계시는 할머니, 얼마나 서운하셨을까. 그 당시 얼마나 사실지도 모를 연로하셨던 할머니. 온 식구의 선물 잔치에서 홀로 소외되셨다. 제사 때마다 속으로 사죄드리면서 재배를 올린다. 일배, 죄송합니다. 재배, 사죄드립니다.

순전히 나의 무관심과 무신경으로 일어난 일. 그때 내가 지금 나이 같았더라면 할머니께는 현금을 얼른 쥐어 드리면서 "할머니 좋아하실 만한 게 외국 공항에는 마침 없길래 현금으로 드립니다. 나중에 필요하신 것 있으시면 사세요"라고 이쁘게 말씀드리면 될 일이었다. 그러나 당시 내 나이 30대 초반, 지금보다도 더 미숙할 때다. 아무리 그래도 사회생활깨나 한다는 녀석이 그저 죄송하다는 말씀 한마디 겨우 드린 것이 전부였다.

초소 앞 저 꼬부랑 할머니에게서 아내의 외할머니에 이어 아내의 얼굴까지 겹쳐지는 것은 왜일까. 이혼 수속. 내가 경제적으로 너무 곤궁한 상태일 때 집사람한테까지 피해가 갈까 봐 옹색하게 내린 결정이었다. 협의 이혼 의사 확인 신청서를 써서 각각 도장 한 개씩 들고 접수처 앞에 섰을 때. 그때의 허공에 서 있는 듯 허허롭던 집사람의 뒷모습을 지금도 나는 잊지 못 한다. 쥐구멍을 찾고 싶도록 부끄럽고 미안했다.

"이혼 신청 끝났습니다. 한 달 뒤 법원에 나오셔서 판결받으시면 됩니다. 자, 다음 분…"

이렇게 이혼하는 부부들이 많다니. 우리 부부는 이혼 신청을 하고 집에 돌아와 법원 날짜까지 모래성만 쌓다가 결국 포기하기로 했다. 법원까지 출두하는 것도 성가시고 남의 눈에 띨까 부끄럽기도 했지만, 그보다는 앞으로 무슨 부귀영화를 누리자고 이렇게까지 해야 하나 싶어서였다.

집사람도 나중에 나이가 더 들고 곁에 나마저도 없어진다면, 저

다지도 외롭게 보행기에 의지하며 동네 앞을 힘겹게 걷게 되려나.

올해는 외할머니의 제사에 참석하지 못했다. 격일 근무하는 지금의 나로선 근무일과 제사일이 겹치지 않기만을 기도하지만 공교롭게도 날짜가 겹치고 말았다. 결국 절 한 번 못 올려드렸다. 외국 출장같이 피치 못 할 경우가 아니면 지금까지 단 한 번도 빠진 적이 없었다. 그때마다 제사상 앞에서 살아생전 지은 죄를 사죄드려 왔는데.

용서해 주세요. 미숙했던 저를, 아직도 미욱하기 짝이 없는 저를 용서해 주십시오.

아무리 뒤늦은 사죄의 기도를 올린들, 할머니께 지은 죄가 어찌 출장 선물 빠뜨린 사건 오직 하나뿐이었겠는가.

24

분리수거장의
수상한 대표님

분리수거를 하던 어느 날이었다.

한참 정신없이 폐지는 폐지대로, 비닐은 비닐대로, 스티로폼은 스티로폼대로 정리하던 중, 120동 쪽에서 60세 정도 된 남자가 스쿠터를 타고 나타났다. 뒤에 짐을 많이 실을 수 있게 등받이를 높게 한 스쿠터였다. 그는 분리수거장을 천천히 지나가면서 군대 사열하듯이 하나하나 찬찬히 지켜보며 지나간다.

곁눈으로 보니 아파트 관리실 사람은 아니고 그렇다고 입주민으로 보이지도 않는 사내가 무슨 이유로 쌓아놓은 쓰레기 더미를 저렇게 관심 깊게 살필까. 쓰레기 수거 업체 직원도 이 시간에 여기에 올 리가 없다. 그는 내일 아침 쓰레기 더미를 싣고 가야 할 때나 올 것이다.

그렇다면 '도둑'일 가능성이 농후하다. 쓰레기 수거장에도 도둑

이 있다. 우선 모아놓은 소주병만 '쌔벼가는' 할머니 부대가 있고. 의자 같은 가구나 아직 쓸 만한 운동 기구, 폐가전 제품 등을 차떼기로 업어가는 기업형 들치기들이 있고. 야밤에 헌 옷 수거함에 든 헌 옷 중 입을만한 것들을 기술적으로 빼가는 갈고리 부대가 있다.

도둑인가 아닌가 그러고 말았는데 한참 일하다가 보니 또 다시 그 스쿠터의 남자가 나타났다. 그냥 쓱 지나가는 게 아니고 쓰레기 더미를 찬찬히 검사하듯 보며 지나간다. 나와 눈이 마주치자 인사를 해서 나도 엉겁결에 인사를 했다. 그러나 여전히 의심은 풀리지 않아 경계의 눈초리를 함께 보낸다.

그는 다음 분리수거일에도 스쿠터를 타고 나타나서 분리수거장을 사열하듯 천천히 지나갔다. 어쩌다 한 번은 그럴 수 있다고 쳐도 분리수거일마다 나타난다는 건 확실히 도둑임에 틀림없다. 오늘도 어설픈 인사가 오갔다. 이 양반, 밤에 훔쳐 갈 물건들을 미리 낮에 간 보러 온 것이군. 밤에 자는 시간에 업어가는 건 어쩔 수 없다만 눈 뜨고 있는 동안만큼은 어림도 없다. 그러나 낮에도 밤에도 별 일없이 지나가고 시간은 정신없이 흘렀다.

며칠이 지났다. 이 초소에서 전에 근무하던 경비대원이 찾아왔다. 최 대원이 입주민에게 인사도 잘 안 하고 불친절하다는 민원이 하필이면 자신한테 들어왔다고, 위에는 얘기를 안 하고 먼저 얘기하는 것이니 조심하는 게 좋겠다, 하는 이야기를 전했다. 속으로 뜨끔

했다. 옛날 한 까칠하던 시절의 버릇이 아직도 내게 남아 있었나. 그래도 나름 인사도 한다고 하고 경비원 태를 내느라고 냈었는데 그래도 부족한 모양이다.

"그 민원 누가 넣습디까, 여러 명이 그럽디까?"

"아니, 누가 그러더라고…"

얼버무리는 그에게 그 누구란 게 도대체 누군지 집요하게 물었다. 그는 하는 수 없다는 듯 털어놓기 시작했다. 자기가 전에 여기 근무할 때 동대표를 하던 양반이라고 했다. 아까 우연히 지나가다가 만났는데 그런 이야기를 했다고, 지금은 동대표를 하지 않고 있지만 관리실 직원들과도 친분이 있고 말도 통하는 편인 사람이니 잘못 보여서 이로울 일이 없으니 조심하는 게 좋겠다는 것이었다. 언뜻 마음에 집히는 부분이 있어서 그 사람의 인상착의를 물었다. 이러이러하다는 말에 그럼 그 사람 스쿠터 타고 다니느냐고 물었더니 그렇다고 한다.

하하, 도둑이라고 내가 점 찍었던 그 양반이 먼젓번 동대표셨구만. 아파트 입주민 중 아파트를 위해 일해 줄 사람을 몇 사람 뽑은 것이지만 일부 동대표들의 위세는 대단하다. 신분이 수직 상승한 것으로 여기는 듯하다. 웃음이 절로 나왔다.

그건 그렇고 아니 그 양반은 분리수거 쓰레기 더미를 뭘 그리 관찰하고 다니는지. 뭐 쓸만한 폐기물이 없을까 찾는 눈치였는데. 그러니까 모르는 경비 눈에는 도둑으로 보일 수밖에. 해서, 그 대원에게 부탁했다. 그 전 동대표라는 분이 대원 님을 믿고 그런 얘기를 한 모양이니 이야기를 전해 주시라. 분리수거일에 혹시라도 간을 보러 온 어둠의 업체 일원으로 오인해 그리된 일이니 오해를 풀어주십사, 간곡히 전해 달라고 재삼 부탁하면서 일회용 커피에 서랍 속 과자 봉지까지 뜯어서 극진히 대접해서 보냈다.

그게 뭐라고 아파트 경비원을 붙잡고 시비 아닌 시비를 건다. 나 같으면 귀찮아서라도 싫을 일이다. 도둑으로 오인하면서 얼굴은 잘 익혀놓은 터라 그 이후 단지에서 만나게 되면 50미터 전방에서부터 큰 소리로 인사를 해 붙였다.

"안녕하십니까, 대표님!"

지금은 평주민(?) 신분으로 돌아온 이전 동대표건만, 깍듯이 대 표님이라는 호칭을 붙인다. 그제서야 환하게 펴지는 그 양반의 얼굴 을 멀리서도 볼 수 있었다.

그 일은 그렇게 해서 무마가 되었다. 세상 참 쓰잘 데 없는 것까 지도 일거리가 되고 말거리가 되는 경비원 생활이다.

25

어느 멋진
분리수거일

2020년 9월

경비대원 누구라도 가장 피하고 싶은 근무일을 집어내라면 쓰레기 분리수거 작업이 있는 날일 것이다. 이날은 대원 그 누구도 휴가 신청이 불가하다. 그 빈자리를 대신해 줄 사람이 없기 때문이다. 세상없는 관리실부터도 대원들에게 이렇다 할 작은 지시사항조차 일체 내리지 않는다.

비나 눈이 오는 날이면 더 힘들어진다. 특히 비 오는 날, 거기다가 바람까지 심해지면 곧 죽음이다. 비닐이며 폐지류, 스티로폼 박스 및 각종 쓰레기가 바람에 산지사방으로 도망 다니기 때문이다. 그나마 추운 날이 낫다. 습도가 높은 여름날, 조금만 움직여도 옷에 온천물을 뿌린 듯한 그런 날씨를 만나면 작업복은 물론 작업모까지 소금 땀이 배어 축축하고 목 언저리는 소금기가 마른 날 선 옷깃에 목을 금방이라도 베일 듯하다.

지금은 9월, 적어도 내년 여름 전까지는 지난달까지 몇 달간 겪었던 그런 삼복더위는 없다. 오래된 팝송 'Come September'의 그 9월. 아직 남아 있는 태풍이 필리핀 쪽에서 간혹 올라올지는 몰라도.

사실 나는 분리수거일인 오늘을 지난주부터 은근히 기다리던 터이다. 칼을 갈아 전장에 나서는 무사의 마음으로. 정신적으로나 육체적으로나 나 자신의 한계를 시험해 보는 시험장이 되기 때문이다. 바닥에 흘린 폐지나 비닐 껍질 줍기는 스쿼트 운동이 되고, 특히 무릎을 굽히지 않고 바닥 휴지를 줍는 일도 훌륭한 스트레칭 자세가 된다.

오늘은 새벽 출근 전부터 내린 비가 결국은 작업을 마치는 자정 무렵까지 내렸다. 나에게 불리한 일기예보는 왜 이리 적중률이 높은 것일까. 최근 두 달 사이에 오늘까지 일곱 번의 분리수거 업무가 있었고, 그중 단 하루를 뺀 여섯 날에 비가 왔다. 그것도 아침부터 밤중까지 종일 내린 날이 반쯤 된다. 올해는 장마가 유난히 길기도 했지만, 우리 조 분리수거 하는 날에는 어김없이 내리는 비에 슬며시 심통도 났다. 그러나 날씨가 하는 일에 시비를 걸 수도 없는 일. 이 위기를 온종일 음악 감상을 하는 절호의 기회로 만들어 보기로 했다. 멋진 하루가 될 것이다.

[오전 6시 20분]

분리수거 작업을 시작한다. 오늘은 쓰레기만 분리수거하는 것이 아니라 나의 정신과 육체를 분리하는 작업을 병행해 보리라. 몸은 노동을 행하되 정신은 음악에 집중하자. 단순 노동만을 하게 되면 잡생각이 난다. 그건 대부분 지금의 노동에 감사하지 않는 부정적인 색채를 띠고 있기 쉽다. 내가 왜 이런 일을 하고 있나, 하는 데서부터 시작해서 과거 좀 잘 나간다 싶을 때와 현재를 비교하고, 또는 그때 그렇게 하지 않고 이랬으면 어떨까, 하는 때늦은 반성과 이루어질 수 없는 상상까지.

그런 자학에 가까운 정신 활동은 육체의 노동보다도 스스로를 더 지치게 함을 이제야 어렴풋이 깨닫는다. 손과 발은 기계적인 노동에 맡기고 나의 정신은 이어폰을 통해 흘러들어오는 음악에 집중하자. 평상시 이어폰을 끼고 있어도 음악을 들으면서는 그때마다 끝간 데 없는 여러 상상을 하게 된다. 예를 들어 알파벳 순으로 팝송을 듣다 보면 비틀즈의 노래로 시작해 잠시 다른 잡생각을 하다가 문득 정신을 차려보면 비지스까지 와 있는, 그런 식이다.

그러나 오늘은 그러지 말자. 음악에 집중하고 귀에 익은 노래가 나오면 가사도 따라 부르면서 좀 더 집중해서 감상하기로 하자.

하루를 버텨내면서 보니 음악을 방해하는 요인들이 많았다. 작업 중에 입주민이 말을 걸어왔고, 팀장으로부터 무전도 들어왔다.

그래서 온전한 음악 다방이 될 수는 없었지만, 그래도 오늘 하루의 음악 여행은 참 좋았다. 정신이 음악 속에 잠기게 되자 그때부터 노동은 육체 단련의 수단이 되었다.

저녁 식사를 위해 초소에 돌아왔다가 이어폰을 잠시 빼놓고 식사를 했다. 식사를 마치고 다시 작업장에 가서야 이어폰을 초소에 두고 온 걸 알게 되었다. 이어폰을 가지러 돌아갈까 하다가 말았다. 그래, 음악도 좀 쉬자. 영원한 사랑도 잠시 지겨울 때가 있듯이 음악도 그렇다. 이미 빗물에 푹 젖은 손바닥만 빨간 칠이 된 목장갑을 낀다. 그러나 10분도 지나지 않아 깊이 후회한다. 지루함도 두 배 피곤함도 두 배다. 결국 작업을 한 시간 남짓하고는 휴식 핑계로 초소에 들렀다. 책상 위에 두고 갔던 이어폰을 귀에 꽂는다. 음악이 시작되고 나자 눈앞이 밝아지고 천국이 따로 없다. 귀를 통해 온몸으로 퍼져 나가는 아드레날린. 음악에 중독됐다고 해도 할 말이 없다.

[오후 11시 반]

초소로 돌아와 빗물과 땀으로 젖은 옷을 훌훌 벗는다. 순간 작업복을 모자와 함께 이미 어두워진 하늘 위로 날려버리고 싶은 강한 해방감이 몸을 감싼다. 영화 〈쇼생크 탈출〉의 주인공이 긴 하수구를 기어서 탈출한 끝에 억수 같은 빗속에서 죄수복을 하늘 위로 집어 던지며 느끼던 그 환희의 순간. 아마도 크게 다르지 않을 것이다.

좁은 화장실에서나마 시원한 목욕을 하면서 17시간의 고된 일과를 함께 씻어 내린다. 비로소 오늘 하루가 끝났다는 성취감, 나에게 주어진 일을 다 마쳤다는 개운함, 오늘 새벽에만 해도 도저히 다다를 수 없을 것만 같던 이 마침의 순간이 무사히 와 주었다는 감사함, 오늘도 나의 한계는 지금 서 있는 이 자리에서 두어 발짝 건너쯤에 아직 자리하고 있음에 대한 안도감도 함께다.

잠자리에 들기 전, 오늘의 끝내기 팔굽혀펴기를 한다. 횟수와 관계없이, 근육에 즐거운 고통이 느껴질 때까지.

굿나잇, 에브리바디.
굿나잇, 투 마이셀프.

26

코로나
캐슬

2021년

코로나19 바이러스는 우리 생활의 근간을 송두리째 흔들어 놓았고, 우리 경비원들에게는 엄청나게 늘어난 분리수거 쓰레기를 선물했다.

종이 박스, 스티로폼 박스, 폐지 등이 코로나 이전보다 50프로 정도는 더 늘었다. 너나 할 것 없이 외출이나 외식을 줄이고 배달을 시키기 때문이다. 코로나 이후의 분리수거장은 매일이 명절이다.

폐지 분리수거의 경우 부피가 큰 종이 박스는 나오는 대로 다른 폐지 등을 안에 채워서 6층 이상의 성곽을 단단히 쌓고, 그 안으로 작은 종이 박스나 자잘한 폐지를 모두 모은다. 그렇게 해야 바람이 불어도 폐지 나부랭이들이 날아다니지 않기도 하고, 다음날 수거 업체가 대형 집게차로 수거해 가기도 용이하다. 나는 2주일에 한 번씩 이 이름 없는 성곽을 쌓아나간다. 입주민들의 캐슬, 그 성을 유지하기 위해 성곽을 쌓아나가는 누군가가 반드시 있다. 포장 박스가 늘어난 만큼 성곽의 길이도 늘어난다. 잠깐 쉬고 나와 보면 힘들여 쌓아놓은 성곽의 일부가 허물어져 있기도 하다. 입주민 누군가가 사용할 요량으로 중간에 쌓아놓은 박스를 빼어간 경우다. 허물어진 성곽 앞의 나는 허탈하다.

스티로폼 박스는 6~7개 정도를 빨간 끈으로 묶어서 모아놓는데, 이것도 얼마 전 같으면 10개 묶음 정도면 끝났던 작업이 15개 묶음 이상으로 늘었다. 예전에는 끈을 묶고 매듭을 짓고 푸는 일에는 질겁했지만 이제는 그 일에 이력이 났다.

나오는 비닐이나 플라스틱 쓰레기도 덩달아 늘었다. 모든 작업량이 그만큼 늘었지만, 그렇다고 도와줄 사람도 늘어나는 봉급도 없다. 다만 작업 중에 코로나 마스크를 절대 벗지 말라는 엄명만이 이따금 하달될 뿐이다. 어차피 작업은 새벽 6시 반에 시작해서 밤 11시 반에 끝난다. 잠깐의 휴식시간만 그만큼 줄은 셈이다.

택배기사들도 사정은 마찬가지일 것이다. 택배회사들이 노 나는 세상이고 택배기사들은 죽어나는 세상이다. 과로로 쓰러지는 택배기사들이 여기저기서 나오건만, 이미 공룡이 되어버린 택배회사들은 월급쟁이 대표의 사과만으로 여론을 잠재우려 든다. 이런 기자회견은 일회용 공개 퍼포먼스일 뿐이다. 택배회사의 노동 환경은 근로자들이 희망하는 만큼 구조적으로 개선되기는 쉽지 않을 것 같다. 코로나로 인한 극심한 불경기 속에서 일자리를 잃은 이들이 매일 택배회사로 몰려들고 있기 때문이다.

분리수거와 함께한 고된 1박 2일이 끝나고 지문인식기 앞에서 퇴근 시간이 되기를 기다리는 중에도 대원들은 별말이 없다. 기껏해야 쓰레기가 지난 조 작업량보다 더 많이 나왔다느니, 어제는 비가 와서 힘들었다느니, 하는 정도다. 모두가 코로나로 늘어난 쓰레기에 대해서는 의견도 불평도 없다. 다만 그대로 받아들일 뿐이다. 달리 방법이 없음을 모두가 잘 알고 있기 때문이다. 언젠가부터 '코로나 때문에'라는 그 흔한 말도 잘하지 않게 되었다.

분리수거 날에는 식사하는 시간이 아니면 항상 마스크를 착용해야 한다. 일하는 17시간 내내 마스크 착용 확인 무전이 관제실로부터 들어온다. 이날은 마스크를 여분으로 2개 정도 더 준비하여 돌려가며 말려서 쓴다.

내가 일하는 아파트에도 등원하는 유치원 아이들 모두 마스크를 단단히 챙겨서들 온다. 저 병아리같이 티 없는 어린 것들이 무슨 죄로. 어리고 여린 나이에 노상 마스크를 쓰고 생활하다 보면 코로

나로부터 보호받을 수 있을지는 모르지만 호흡기가 건강해 질 수는 없을 터이다. 푸른 하늘도 은하수도 보여줄 수 없다는 안타까움에 더해, 맑은 공기를 마실 자유마저 박탈당한 어린 것들을 차마 마주 볼 수 없어 갈 데 없는 눈길을 떨구고 만다.

마스크 안에서 아이들이 어떤 표정을 하고 있는지 알 수 없다. 우리는 아파트를 밝게 만들어 주던 아이들의 해맑은 웃음을 잃었다. 결국 마스크 뒤에 숨은 그 천사들의 미소를 상상해야만 한다. 우리 모두에게 너무나 슬픈 일이다.

잔인한 코로나는
젊은이들에게는 실직의 아픔을
나이 든 경비원에게는 늘어난 쓰레기 더미를
우리 아이들에게는 마스크의 굴레를 씌우며 해를 넘겼다.

나의 손자 6살 준수도 외출할 때는 늘 마스크를 쓴다. 유치원에서도 종일 쓰고 있어야 한단다. 준수 고 놈, 마스크를 쓴 채 그 위로 코를 후비는 놈. 집사람이 준수를 데리러 가잔다. 딸애가 오늘 무슨 일이 있어서 애를 우리에게 맡기는 모양이었다. 집사람이 준수 유치원 하원 시간에 맞춰 떠나면서 같이 갔으면 하는 눈치로 나를 한 번 더 바라봤지만 나는 짐짓 모르는 척했다.

집사람에게 얘기는 차마 못했지만, 종일 제설작업을 하다가 아

침에 퇴근을 한 터라 몸이 고되다는 핑계로 꾀가 좀 났다. 제설 작업
이란 게 쌓인 눈을 싸리비로 쓸면 되는 낭만적인 일로만 끝나지 않
는다. 눈이 많이 쌓인 곳은 넉가래로 밀어 길을 내야 하고 행인들 발
자국으로 이미 굳어진 곳은 삽으로 일일이 파내야 한다. 비탈지고
얼음이 언 곳은 염화칼슘 부대를 지고 가서 뿌려 줘야 하는데, 염화
칼슘이 포대 안에서 통째 얼어버린 것들도 있기 때문에 망치로 깨
가면서 뿌려야 한다. 제설차 생각이 간절해지기도 한다. 이번 겨울
은 특히 눈이 많이 온다.

　내 반응이 신통치 않자 집사람 혼자 준수를 데리러 갔다. 집사람
이 나간 후 바로 후회했다. 같이 갈 걸 그랬나. 애 데리러 가는데 같
이 가주는 게 뭐 그리 힘든 일이라고. 혼자 집에 남아 하릴없이 TV를
켰다. 채널을 이리저리 돌려봐도 그다지 끌리는 프로가 없다. 한 번
더 후회한다. 못 이기는 척하고 따라갈걸. 쯧.

　한 시간쯤 후 준수를 데리고 현관문을 들어서는 집사람 두 눈
가 축축하고 벌겋다. 가슴이 쿵 내려앉았다. 오다가 애를 어디 떨어
뜨렸나. 어디 부딪혀서 다치기라도 한 건가. 깜짝 놀라 무슨 일이냐
고 맨발로 뛰어나가 우선 준수를 여기저기 살펴봤다. 손발을 만져봐
도 이상이 없다. 할아버지, 하며 올려다보는 녀석의 눈이 파란 하늘
색이다. 눈에 넣어도 아프지 않을 이쁜 놈…

　얘기를 들어보니 차에 오면서 잠에 떨어졌던 녀석이 집에 도착
해서 깨우자 비몽사몽 눈을 못 뜨면서도 목에 내렸던 마스크부터 챙

겨 귀에 걸더란다. 평소 유치원에서도 마스크 교육을 단단히 받았을 것이다. 저 어린 것이. 그 모습이 하도 딱하고 안타까워서 가슴이 막히고 눈물이 나더란다.

어린 놈이 단잠에서 다 깨어나지도 못한 채 마스크부터 챙기는 모습에서조차 제 할머니 눈물을 한 말은 뽑았는데. 얼마 전 양부모로부터 갖은 학대를 여린 몸으로 마지막까지 받아내다 끝내는 하늘나라로 떠나버린, 정인이라는 이름을 가진 어린 천사가 떠오른다. 코로나바이러스도 잔인한 악마의 손길도 닿을 수 없는 곳이니 예전의 밝은 모습으로 내내 평안하기를 가슴으로 기도한다.

우리는 다음 세대에게 깨끗한 자연환경과 빛나는 문화유산을 물려주자고 너무나 쉽게 말한다. 그러나 더욱 중요한, 마스크 뒤에 가려진 우리 아이들의 미소를 언제쯤에나 되찾을 수 있을까.

3부

옛날
옛날에

2021년 오늘, 나는 경비원 복장을 하고 방역 마스크를 쓴 채 아파트 경비원 초
소에서 근무하고 있다. 나에게도 마음먹고 열심히 노력하면 무엇이든 이룰 수 있
었던 어느 젊은 시절이 있었다. 그때를 회상하며 흘러간 팝송을 듣기도 하고 낮은
목소리로 따라 불러도 본다. 그런 날이 있다. 근무하고 있는 초소에서 밖으로 나가
아파트 단지 담장을 돌아나가면 다시 그날의 그들과 만날 것만 같다. 가끔은 손만
뻗으면 가까이 닿을 듯하다.

1

대련,
추락 전야

조금만 더 버텨보자. 지금까지 잘 견뎌왔다. 아슬아슬하긴 하지만 거래 은행으로부터 부동산 한도를 최대한 높게 잡아서 마지막 대출을 받았고 그 돈으로 마지막 승부수를 띄웠다. 그러나 세상일은 나의 의지와 노력대로 움직여 주지 않았다. 아무리 내가 최선을 다하고 간절하게 기도해도 결국 안 되는 일은 안 되었다. 마지막 순간까지 끈을 놓지 않았던 사업은 뜻대로 진행되지 않았고 결국 중국 사무실과 창고에 쌓아둔 의류 재고와 은행 빚만 남았다. 돌이켜보면 하나부터 열까지 나의 실수였고 그에 따른 실패였다. 실수도 실패도 나의 실력에 따른 것임을 나는 인정해야 했다.

엎친 데 덮친 격으로 리만 브라더스 사태의 후폭풍이 밀려왔다. 부동산 가치가 뚝뚝 떨어지기 시작한 것이다. 몇 개월도 채 지나지 않아 부동산 시세가 반토막이 났다. 그러자 부동산을 담보로 사업

대출을 해 주었던 금융사들이 난리가 났다. 담보로 잡은 부동산의 가치가 대출 원금보다 내려가게 생겼으니 돈 장사하는 은행으로서는 그럴 수밖에 없겠다. 당장 금융사 담당자들의 태도가 돌변했다. 그동안의 친절하고 상냥한 표정과 미소가 사라졌다. 대신 대출 한도를 낮추겠다고 으름장을 놓았다. 아니면 계약이 완료되는 대로 대출금 전액을 상환하라고 이틀에 한 번꼴로 담당자를 바꿔가며 연락이 왔다. 시간 말미를 좀 달라고 했더니 담당자는 윗선에서 내린 결정이라 자신도 어쩔 수 없다고 슬며시 발을 뺐다. 이대로라면 가족은 물론이고 주위 친지들에게까지 고스란히 여파가 돌아갈 것이었다.

그렇게 은행으로부터의 시달림에 지쳐가던 무렵, 어느 날부터인가 독촉이 멈추었다. 무슨 일일까. 포기한 걸까. 그러나 곧 부실 채권만 전담한다는 신용 정보 회사로부터 연락이 오기 시작했다. 살면서 듣도 보도 못한 이름의 서류가 날아오고 신용 회사 직원들이라는 사람들이 집에까지 찾아왔다. 그들의 태도는 은행 직원의 그것과는 사뭇 달랐다. 간접적으로 압박을 주고 은근히 겁도 준다. 아파트를 여기저기 급매물로 내놨다. 그러나 아파트 시세는 하루가 다르게 떨어지고 집값만 묻는 허수 매수자만 간간히 연락이 올 뿐이었다. 결국은 아파트 가격이 내가 기억하는 최고점의 절반까지 떨어졌다. 은행 대출 원금에 연체 이자까지 합친 가격보다도 아파트 시세가 낮아졌다.

하루하루 피가 말랐다. 결국은 법원으로부터 아파트 경매 개시

통지서가 날아왔다. 혈관을 타고 흐르던 피가 몸에서 서서히 빠져나가는 것이 느껴졌다. 지금까지 순탄하다면 순탄했던 나의 인생에서 첫 파열음이 났다.

아파트 관리비가 몇 달 밀리자 아파트 관리실로부터 관리비 납입 독촉장이 몇 차례 오다가 온수 공급이 중단됐다. 곧 전기마저 끊겠다는 경고를 받던 중에, 아파트가 경매로 넘어갔다. 이어서 다른 재산이란 것들도 차례로 어디론가 넘어갔다. 그렇게 집도 절도 없는 빈털터리가 되어 버렸다.

서둘러 애들을 출가시켰다. 사정을 모르는 주변 사람들은 어떻게 그렇게 때맞춰서 쉽게 아이들을 시집 장가를 보내느냐면서 무슨 비결이라도 있느냐고 물어왔다. 그럴 때마다 속은 속대로 타들어 가고, 속내가 금세 얼굴에 나타나는 나는 표정 관리하느라 안면근육이 몹시 피곤해졌다.

이제 아내와 나, 둘만 남았다. 벌어다 주는 돈으로 평생을 집에서 살림만 해 온, 은행 대출이 뭔지도 모르던 아내. 그리고 생전 처음 당하는 시달림과 독촉에 정신이 나가 있는 나. 길바닥에 나 앉는 건 시간 문제였다. 집안 손아래 동생의 사무실 빈 공간을 막아 구차한 살림방을 마련했다. 당장 입을 옷이며 간단한 최소한의 가재도구를 가져다 두니 발 뻗고 누울 자리가 겨우 나올까 말까 했다.

이 일이 있기 3개월 전, 나는 인천 공항에서 중국 대련행 비행기에 몸을 실었다. 대련에서 벌여놓은 사업이며 사무실과 가게를 전부 정리하려고 들어가는 길이었다. 이 사업으로는 이번이 마지막 대련행 출장이 될 것이었다. 나는 어느 때보다도 비장해졌다. 무슨 일이 있어도, 어느 정도 손해를 감수하고라도, 꼭 반이라도 건져 오자고 단단히 마음을 먹고 떠나는 길이었다.

출장을 가면 기거하던 오피스텔의 전세 보증금 같은 건 제쳐두더라도 사무실과 의류 가게, 그리고 창고에 쟁여둔 상품 재고만 정리하면 가까스로 수도권 변두리에 소형 아파트 전세라도 얻을 수 있을 것이었다. 전세가 어려우면 월세라도. 길바닥에 나앉을 수는 없는 일이다. 나는 입술을 깨물며 이건 마지막 기회라고 계속 되뇌었다.

그동안 몇몇 중국 현지 회사와 중간 도매상들이 가게에 쌓아둔 의류 재고를 사러 오긴 했지만 모두 터무니없이 낮은 가격을 불러댔다. 내부 직원들과 이미 내통이 되었는지 어쨌는지, 매수 의사를 갖고 덤비는 회사들마다 사정을 다 알고 왔다는 표정으로 흥정을 하려 들었다. 그에 더해 창고나 매장에 진열된 재고가 시간이 흐를수록 줄어들었다. 물론 현지 중국인 직원들의 소행이었다. 속은 쓰렸지만 '그래, 너희도 먹고 살아야지.'하는 마음으로 모르는 척했다. 속아주는 것 말고는 다른 뾰족한 방도도 없었다. 거긴 중국이었고 직원들은 모두 중국인이거나 조선족 출신이었다.

초창기에는 조선족 출신이라 하면 특유의 억양이나 사투리를 쓰긴 해도 한국말을 쓰니까 우리 동포겠거니 낭만적으로 대했다. 그들도 나에게 얼마나 살갑게 굴던지. 역시 동포, 피는 속일 수 없다고 까지 생각했다. 그러나 나중에 보니 그들은 중국의 수많은 소수민족들 중 하나, 중국인이었다.

나는 사무실과 가게의 임대 계약을 해지하고 임대 보증금이라도 건져 보려고 했다. 그러나 사무실 직원들은 중국 현지 법을 들먹이며 중간에 임대 계약을 해지하면 벌금이 있어서 차라리 부동산 임대 계약서 상의 만기를 채우는 게 더 유리하다고, 이해할 수 없는 소리를 늘어놓으며 차일피일 날짜만 끌었다. 일방적으로 당할 수만은 없어서 궁리 끝에 직원들 몰래 다리를 놓아 현지 한국 사람이 하는 부동산에 매물을 내어놓고 매수 희망자를 찾던 중이었다.

대련 사무실에 도착하자마자 사무실 재고 정리를 시작했다. 내 눈치만 보며 마지못해 건성으로 움직이는 직원들을 데리고 정리를 마치고서 보니 어림잡아 수개월 전보다 재고의 반이 줄어든 것을 장부상 숫자만으로도 쉽게 알 수 있었다. 그래도 '나 바보로소이다.' 하며 모른 척하기로 했다. 사업을 접는 마당에 손해 보는 부분은 현지 직원들의 퇴직금이라고 생각하는 편이 나았다. 솔직히 말하면 그렇게 하는 편이 뒤탈도 없을 것이었다.

"하루 종일 수고들 많았는데 같이 저녁이나 먹으러 가자."

직원들을 데리고 평소에도 사무실에서 가깝고 음식도 입에 맞아서 자주 찾은 화로구이집에 갔다. 환잉꽝린(환영광림). 입구의 빨간 치파오 복장의 여직원들로부터 영혼 없는 인사를 받으며 예약된 테이블 자리에 앉았다. 우선 꼬치구이와 화로구이를 주문했다.

정말, 잘들 먹는다. 속으로는 '최후의 만찬이다. 많이들 먹어라.' 했다. 오늘 식사만큼은 좋은 분위기로 끝내고 싶은 것이 내 진심이었다. 저들과 애초부터 정나미가 떨어져 있었지만, 꾹 참고 좋은 낯으로 저녁 식사를 해 나갔다. 그리고는 일찍 숙소로 돌아가 쉬려던 참이었다. 그런데 술이 거나해지자 2차 노래방엘 가잔다. 요즘 장사도 잘 안 되는데 자신들이 사겠다고 한다. 믿을 수 없는 말들이어도 좋게 마무리하고 싶었다. 실장이 자신이 아는 집이라며 길잡이를 했다. 낯선 골목으로 한참을 미로처럼 돌다가 어둠 속에서 갑자기 나타난, 조명도 인색해 어두컴컴한 건물 입구를 용케 찾아 들어간다. 입구에는 '기도'로 보이는 거친 남자 두 사람이 지키고 서 있다.

시커먼 문 하나를 열고 안으로 들어가니 밝은 조명 아래 별천지가 펼쳐졌다. 바깥과는 180도 다른 풍경이다. 유치하지만 나름 화려한 내부 장식을 해 둔 가게였다. 승강기가 4층까지 있는 걸 보니 방들도 많고 중국 술집답게 규모가 매우 컸다. 아마도 비밀스럽게 불법으로 영업하는 듯했다.

큰 방으로 안내되어 들어갔다. 자리에 앉자마자 맥주 열 병에 마른 안주 과일 안주가 바로 들어온다. 여직원들은 1차 식사만 끝내고는 집이 멀다는 핑계로 먼저 들어간 터다. 맥주잔이 한 바퀴 돌았을 때 실장이 나에게 어깨를 가까이하며 양주를 시키자고 한다. 내가 중국술을 마시면 좋겠다고 하자 적이나 실망하는 눈치였지만 나는 짐짓 모르는 척한다. 우량예(오량액) 큰 것 두 병을 주문했다. 어차피 양주는 100퍼센트 가짜일 텐데 차라리 중국술이 낫지. 게다가 나에게는 중국술이 잘 맞았다. 그중에서도 가격도 적당하고 작은 항아리 모양의 갈색 도자기 병에 든 '공부가주'를 가장 좋아한다.

주문한 중국술이 나왔다. 실장이 술을 가져온 웨이터에게 귓속말을 한다. 그 웨이터는 잘 알아들었다는 듯 고개를 꾸벅 숙이고는 방에서 나갔다. 그런가 보다, 했다. 노래를 한 곡씩 부르고 있는데 아까의 그 웨이터가 과일 안주를 한 접시 더 가지고 들어왔다. 그 두 번째 접시에는 사과 한 개와 배 한 개가 껍질도 깎지 않은 통째로 다른 과일 안주와 섞여 나왔다. 조금 이상해서 실장 쪽을 돌아다보니 그 녀석 겸연쩍은 듯 씩 웃으면서, "아. 예, 제가 과일이 더 먹고 싶어서 한 접시 더 가져오라고 했슴다. 근데 이놈들, 주방장이 바쁜지 사과하고 배는 안 깎은 채로 가져 왔슴다. 허허."하고 말한다. 그런가 보다 할 것을, 중간에 필요도 없는 말참견을 했다. "웨이터 오라고 해. 깎아 오라고 하면 되지." 그러자 그 녀석 필요 없이 숨을 몰아쉬며 "일 없슴다. 우리가 깎아 먹으면 되지요.", 그러고는 경리를 맡고 있는 진 과장에게 이른다. "진 과장, 거 사과부터 깎아 보라."

실장 말을 들은 진 과장이 부스럭거리며 웃옷 안주머니에서 뭔가를 조심스럽게 꺼낸다. 칼, 이었다. 날이 길지 않고 꽤 탄탄해 보인

다. 손잡이 부분에 붕대를 단단히 감은 작은 단도였다. 그 칼을 보는
순간 지금까지 마신 술이 단박에 깼다.

2

대련의
진 과장

진 과장, 입사 면접에서부터 내 눈에 든 친구였다. 작은 체구에 웃을 때면 한쪽 입술 옆에 보조개가 생겼다. 29살이었고 장가를 일찍 가서 4살 6살 사내애 둘을 슬하에 두고 있는 착실한 가장이었다. 그 당시 중국에서는 1980년대 들어 시작한 1부부 1자녀 낳기 운동을 전개했다. 그러나 소수민족 중국인들에게는 예외였고 조선족들은 산아제한과는 무관하게 아이를 둘까지 낳을 수 있었다. 출생 신고를 못 하고 살아가는 어둠의 자식들 '헤이하이즈黑孩子'가 천만 명이 넘는다는 말도 공공연히 떠돌았다.

면접장에 들어가기 전에 나는 '진'과 회사 화장실에서 우연히 마주쳤다. 그는 처음 보는 나를 스쳐 지나가면서도 밝은 얼굴로 목례를 했다. 그로서는 면접을 보러 온 회사 내에서 마주친 사람이니 좋은 인상을 보이려 노력했겠지만, 그는 태생적으로 좋은 첫인상을 가지고 있었다. 나는 그에게 미리부터 후한 점수를 줬고 면접장에서도 잘하라고 속으로 응원까지 했다. 결국 그가 입사하게 됐다. 이일 저일 시켜 보니 머리도 좋고 싹싹하게 잘했다.

회사에 총 실장이 있기는 했지만 등치만 있고 뚜덕거리는 그보다는 진이라는 이 친구에게 정이 더 갔다. 입사한 지 일 년이 채 안 되어 경리일까지 맡기면서 과장으로 진급시켰다. 진 과장의 가족과 함께 식사도 서너 번했다. 세 번째 식사 자리에서 그의 집사람이 식사 중간에 일어나 화장실을 다녀오기에 그런가 보다 했는데 식사가 끝나고 식대 계산을 하려고 보니 이미 계산이 되어있었다. 내밀었던 카드를 식당 복무원으로부터 그냥 돌려받는 것도 겸연쩍고 부부의 마음씀이 기특하기도 해서 웃으며 가볍게 나무랐더니 "매일 사장님이 사 주셔서 제가 한 번 내 봤습니다."하고 멋쩍게 웃으며 답했다. 아이들은 개구쟁이였지만 나를 만나러 오기 전부터 단단히 교육을 받았는지 내내 점잔을 뺐다. 6살짜리 큰애에게 100위안 지폐를 한 장 쥐어 주자 그 녀석 돈을 알기 시작했는지 얼굴이 밝아졌다.

그날 저녁 식사 이후, 진 과장은 나와 둘만 있는 자리에서는 나를 "형님이"하고 부르기 시작했다. 처음엔 촌스럽게 들리더니 자꾸 듣다 보니 '형님'보다도 오히려 '형님이'라는 호칭이 어리숙하면서도 정겨웠다. 동네 조폭 분위기로 팔 늘어뜨리고 하는 허리 인사보다 진 과장의 생글생글 웃는 그 인사가 은근히 좋았다. 한국에서도 없던 동생이 중국에서 생겼구나 싶어 처음에는 가슴이 따뜻해지다가 목을 거쳐 두 눈까지 온기가 올라왔다. 나중에 다른 자리에서 진 과장이 두 눈가가 벌개지면서 그랬다. 어렸을 때 제 고향 연길에서 죽은 큰 형과 내가 닮았다고.

다른 사람도 아닌 바로 그 진 과장의 품에서 손잡이에 붕대를 단단히 감은 단도가 나온 것이었다. 부루트스 너마저. 로마 원로원 입구 계단에서 평소 믿고 아끼던 심복의 칼에 찔려 흰옷이 붉은 피로 물들어 가던 시저 최후의 순간. 일세 영웅의 최후에 내 모습을 가져다 대긴 민망하지만 아, 진 과장, 너마저. 세상 모든 사람들이 나에게 인정사정없이 험하게 대하더라도, 너만은 나에게 이래서는 안 된다. 그러나 지금은 그런 배신감을 따질 겨를이 없었다. 일 초를 열 조각까지 잘게 나눈 시계판 위를 초침이 칼로 물 베듯 돌아가고 있었다.

그건 사전에 잘 짜놓은 협박극이었다. 내가 인천공항에서부터 마지막 대련 출장의 결의를 다지며 온 것과 마찬가지로, 이들도 나름대로 나와의 마지막 만찬을 준비하고 있었던 것이다. 여직원 둘을 1차 자리가 끝나자마자 서둘러 돌려보낸 것도, 2차로 이 술집에 오자고 한 것도, 채 깎지 않은 통과일이 방으로 들여보내진 것도, 품에 지닌 칼을 슬쩍 내보인 것도, 모두 이들이 준비한 각본이었던 것이다.

순간 피가 끓었다. 실장, 이놈의 모가지를 그냥. 정신을 차려 주위를 둘러보니 나를 제외한 중국 직원 다섯 명이 일제히 나를 주시하고 있었다. 그제야 내가 서 있는 위치를 실감했다. 다시 술이 확 깼다. 여기는 중국. 이들이 지금까지 나를 "사장님, 사장님." 하고 받들어 왔지만, 아니 그런 것처럼 보였지만, 나는 지금 적진 한가운데 깊숙이 들어와 있는 것이다. 그것도 혈혈단신. 믿고 의지했던 진 과장도 이미 나의 편이 아니었다.

중국 어딘가에서 또 필리핀 마닐라 모처에서 한국인 사업가가 살해되었다는 뉴스를 심심찮게 들어 왔다. 그게 먼 나라 남의 일이 아니었다. 나는 피살된 한국인 사업가의 한 사람으로 기록될 것이었다. 다음 순간, 어이없게도 웃음이 '픽' 하고 나왔다. 세상 참, 남의 일이란 없다더니.

내 의지와는 상관없이, 어느새 내 입에서는 항복의 변이 나가고 있었다.

"어이, 진 과장! 그 칼 깨끗하냐? 괜히 사과만 더러워져서 못 먹는 거 아냐?"

말도 안 되는 개그가 마치 파장을 타듯 내 입을 떠나갔다. 그러자 내 얼굴만 쳐다보며 어깨에 힘이 잔뜩 들어가 있던 그 하이에나들의 긴장된 표정이 일순에 풀어졌다. '연극은 끝났고, 우리는 이겼다.' 이런 마음들 아니었을까.

일단 살아서 돌아가자. 승리를 거둔 그들이 돌아가며 내게 따라 주는 중국백주를 연거푸 몇 잔을 마셨는데도 좀처럼 취기가 오르지 않았다. 오히려 정신이 점점 맑아져 왔다. 손잡이에 붕대를 감은 단도, 그 조그만 칼 한 자루에 잔뜩 겁을 먹었다. 그래 내 뱃심은 여기까지가 한계다. 자존심이 상했지만 어쩔 수 없는 노릇이다.

늦도록 붙잡혀 있다가 새벽녘이 되어서야 겨우 풀려났다. 술판의 마지막에는 그들이 그토록 원하던 양주까지 두어 병 들어오는 듯했다. 힘없는 종이 호랑이가 되어 택시를 타고 숙소로 돌아오던 중 그제야 꾹꾹 눌러 참고 있던 취기가 한꺼번에 올라왔다. 나를 태운 택시가 대련 시내 소공원 옆 숙소에 도착했다. 택시비를 어떻게 지불했는지조차 기억이 없다. 오피스텔 승강기를 타고 올라가면 15층에서 내려 좌측으로 돌아 오른쪽 끝이 나의 방이었다. 전망이 좋고 그 방만 창문이 양쪽으로 나 있어서 임대 계약하며 업자에게 시세를 더 주고 구했다. 정말 그런 것인지 아니면 회사 직원들이 중간에서 장난을 친 것인지도 이제 와 돌아보니 의심이 갔다.

승강기에서 내려 긴 복도를 걸었다. 내 깐에는 반듯이 걸으려고 했건만 왼쪽 벽이 눈앞을 스치고 오른쪽 벽이 어깨를 친다. 방에 어떻게 들어갔는지도 기억에 없다. 남쪽 창가에 놓인 낯익은 침대 위에서 나는 그대로 무너졌다. 회사, 나의 꿈, 대출 한도, 내 집, 아파트…. 모두 함께 무너지고 있었다.

다음 날, 잠에서 깨고 나니 방안이 너무 눈부셔서 눈을 뜰 수 없었다. 평소 일어날 때면 동쪽 창으로 비죽이 들어오던 햇빛이 남쪽 창을 통해 아낌없이 쏟아져 들어오고 있었다. 늦잠을 잔 턱이다. 그러나 머리는 아프지 않고 오히려 차가운 창포물에 담갔다 뺀 듯 맑았다. 그렇게 우량예 백주를 쏟아 부었는데. 역시 나에겐 중국술이 맞는다. 그러나 술 취향과는 다르게 중국 사업은 나와 안 맞는다.

깨끗하게 잊자. 훅 올랐다가 깨끗하게 깨는 중국술처럼.

그래도 마음 한구석에는 미련의 부스러기가 남는다. 머릿속에서는 어젯밤 술집에서의 장면들이 천천히 도돌이표를 타고 끊임없이 흐른다. 내가 조폭 행동대원이라도 되었더라면 이런 일은 쉽게 해결되었을 것이다. 이런 엉뚱한 상상을 하게 되는 건 아마도 술이 덜 깼기 때문이겠지. 아니면 평소에 영화를 많이 봐온 탓일까. 아서라. 괜히 내일 국내 저녁 뉴스에 중국 모처에서 살해된 한국인 사업가로 이름 올리지 말자.

실장 녀석이 굳이 공항까지 모셔다 드리겠다는 걸 에둘러 막았다. 예정시간보다 2시간이나 미리 대련공항에 도착해서 대합실 구석 의자에 초조하게 걸터앉아 마카다미아 초콜릿만 한 박스 넘게 축냈다.

이제 중국에서의 사업의 꿈은 접는다. 눈물이 핑 돌았다. 달달한 초콜릿 덕분인지 어젯밤 곤죽이 되도록 마신 중국술에서도 완전히 깨어났다. 마지막 비행기 탑승 안내 방송을 들으며 나는 대련발 인천행 비행기를 천천히 탔다.

굿바이. 따렌.

3

잘 있거라,
대련.

몇 년이 휘청거리며 지나갔다. 영화 〈황해〉를 보다가 문득 대련
에서의 일이 떠올랐다. 거리의 풍경도 행인들의 차림새도 낯익다. 중
국 현지 조폭 두목으로 나오는 김윤식이 화면에 등장할 때는 체격이
비슷한 대련 사무실 실장의 웃는 모습이 겹쳤다. 그래서 '아, 내가 저
조폭 두목 자리에만 있었더라면 완력으로라도 내 원하는 대로 해결
을 볼 수 있지 않았을까…'하는 쓸데없는 상상을 반복하고 말았다.

그때 내가 서울에서 온 한국 사람이라고 하면 중국인 두 사람 중
하나로부터는 틀림없이 다음과 같은 질문을 받았다. 한국에 가 있는
친지에게 들었는데 백화점이든 길거리든 어디를 가도 그렇게 깨끗
하다고 했다고, 정말이냐는 것이었다. 한국에 처음 와 본 중국 사람
들의 첫인상이 그랬던 모양이다. 내가 훨씬 전에 일본에 가서 받은
첫인상을 이들이 나에게 똑같이 얘기하고 있었다.

하긴, 대련이든 청도든 가 보면 길거리의 흙먼지며 버려진 쓰레기들. 점점 나아지기는 했지만 황사나 미세먼지의 영향은 더 심해지는 듯했다. 그리고 세련됨과는 거리가 먼 도시다. 여름이면 삐삐 마른 아저씨가 축 늘어지다 못해 자기 갈비뼈가 삐죽 보이는 러닝 셔츠를 걸치고, 나무 의자 옆에 이발 가위를 들고 서 있다. 거기가 바로 서민 이발소다. 저 이발사 아저씨 옷을 입다 말고 나온 건지 벗다 말고 나온 건지 구분이 안 간다. 등받이 없이 앉을 자리만 동그란 나무 의자에 손님이 와서 털썩 앉으면, 때가 찌들대로 찌든, 그래서 본래의 색깔을 가늠할 수 없는 퀴퀴한 보자기를 텅텅 털어서 손님의 어깨 위에 걸치는 것으로 이발소의 영업은 시작된다. 수동식 이발기와 가위로 뭉툭뭉툭 잘라낸 머리카락은 보자기를 타고 흘러내려 길바닥에 그대로 떨어진다. 물론 고급 미용실이나 이발소도 있을 테지만 보통의 서민 이발소가 이러했다.

사진으로 보는 베이징이나 상하이, 그 대도시의 겉모습은 웅장하고 화려하지만 두세 블록만 안으로 들어가면 서민 주거 지역이 나온다. 밖으로 난 창문마다 비죽비죽 내건 대나무 빨랫대와 그 위에 촘촘히 내건 빨래들 하며, 나는 그 거리를 걸을 때면 30~40년 전의 우리나라 풍경에 향수가 일었다.

이제는 많이 바뀌었으려나. 그렇겠지. 아무래도 많이 바뀌었겠지. 그간 지난 세월이 얼마인데.

〈황해〉의 주연 배우 하정우는 중국 택시 기사로 등장한다. 나는 대련에서 늘 택시를 타고 다녔다. 기왕 중국에 왔으니 버스나 대중교통을 이용해 보겠다고 하면 그때마다 진 과장이 "형님이는 그런 거 냄새나고 불편해서 못 타심다."하고 곁에서 말렸다. 그 옆얼굴이 참 귀여웠다고 나는 기억하고 있다.

이제 와 돌이켜 보면, 진 과장 그 녀석, 실장 패거리들에게 협박을 받은 끝에 할 수 없이 그 패에 끼게 되었던 것은 아닐까. 나에게 차마 연락은 못 하고 있지만 지금쯤 나를 그리워하고 있지 않을까. 아직도 이런저런 미련에서 벗어나기 어렵다. 이런 순진한 바보가 무슨 사업을 하겠다고. 그것도 이국땅 중국에서. 대기업들도 판판히 당하고 들어오는 판에.

끝내 황해를 건너 고향으로 돌아가지 못한 〈황해〉의 주인공과는 달리 나는 황해를 건너오는 데 성공했다. 뒤따라 온 중국발 미세먼지 속에서나마 들숨을 들이키고 있는 지금의 내가 대견하다. 대련에서의 기억은 이제 영화를 보면서나 떠올릴 만큼 타인의 소설처럼 아득히 멀다. 다만 미련의 부스러기들이 아직 남아서 뒤통수로 우수수 떨어진다. 남기고 온 재고자산, 정리하지 못한 가게, 사무실 임대보증금, 액수가 큰 숫자들은 아직도 대강 기억하고 있다.

이제 나는 정말 대련을 잊는다. 어쩌면 인간은 잊을 수 있기에 앞으로 나아갈 수 있는지도 모른다.

그래도, 진 과장 그 녀석을 한 번은 꼭 만나고 싶다. 내가 저 어렸을 적 죽은 제 친형과 꼭 닮았다고 얘기하며 눈물을 뚝뚝 흘리던 그 녀석을 말이다. 우연히 세상 어느 곳에서라도 다시 만나게 되더라도 나는 그에게 그때 대련에서의 일을 따져 묻지 않을 것이다. 다만 그의 눈을 들여다보며 가족들 안부를 묻고 싶다. 네 살 여섯 살 꼬마들은 지금 많이 컸냐고, 그리고 잘들 있냐고. 눈매가 서글서글하고 엽렵하던 애 엄마 안부도 묻고. 거기에 덧붙여 내 손자들 얘기도 하며 길옆 오뎅 국물 있는 포장마차에서 소주라도 한잔 나누고 싶다.

4

응답하라,
1981년 Houston

젊은 시절에 건설 회사의 미국 휴스턴 지사로 부임 받았다. 그때가 1981년도였으니까 벌써 40년 전의 일이다.

첫 주말에 잔디밭 공원에서 사무실 전 직원이 참석한 가운데 바비큐 파티가 열렸다. 부서별 야구 게임도 함께하면서, 천국에 왔구나, 싶었다. 미국에 가서 먼저 신기했던 건 야간 통행금지가 없다는 것이었다. 우리나라는 80년대 초까지 통금이 있어서 자정부터 새벽 4시까지는 돌아다닐 수 없었다. 나는 그 자유를 만끽하기보다는 이렇게 마음대로 살아도 되나, 하고 우선 걱정이 됐다. 문턱이 없는 집에 사는 것처럼 허전했다. 그전까지만 해도 세상 어디든 자정부터 새벽 4시까지는 통금이 있다고 믿었던 것이다. 그러나 통금이 있는 나라가 우리나라를 비롯해 몇 없다는 사실을 알게 됐고, 치안이 불안정한 나라들이 일시적으로 하는 일은 있어도 이렇게 오랫동안 유지하는 나라가 거의 없다는 것도 알게 됐다. 그동안 새장 안의 새처럼 살아왔다는 것을 그때 깨달았다.

미국은 완벽한 자유와 풍요의 나라였다. 세운상가 뒷골목에나 가야 비밀스럽게 접할 수 있었던 플레이보이와 같은 성인 잡지를 번화가 서적 판매대에 버젓이 내놓고 판매하는 나라. 두툼하면서 기름진 피자를 사 먹을 수 있는 나라. 어느 날인가는 사무실에서 미국인 여직원 자리를 지나가다가 의자 위에 아무렇게나 던져둔 가방에 비스듬히 꽂혀 있는 작은 권총을 본 순간, 내가 지금 미국에 와있음을 실감했다.

동네 공원 옆 골프장 입장료가 3불인가 했다. 골프를 그때부터 쳤다면 지금쯤은 시니어 골프선수가 되어있지 않을까. 나는 그때 입주민에게 무료로 제공되는 수영장과 테니스장을 찾기에도 바빴다. 365일 매일 물을 갈아주는 자동 순환 시스템이 완비된 수영장이었다. 입구에는 입주민 이외 사용금지라고 쓴 팻말 외에는 출입을 막는 그 어느 것도 없었다. 저녁부터 새벽까지 수영장 주위 잔디밭은 물론 물밑으로도 조명을 켜놓아서 밤에는 푸른빛이 감돌았다. 나에게는 꿈의 호수이자 전용 수영장이었다. 미국 현지 입주민들은 이 기막힌 문화시설을 거의 찾지 않았다. 한여름이나 되어야 젊은 커플이 두엇, 커다란 소니 스테레오 오디오를 덜렁덜렁 들고 수영장으로 들어왔다. 그나마도 물에는 들어오지도 않았다. 마이클 잭슨의 〈빌리진〉이나 맨 앳 워크의 〈다운언더〉를 크게 틀어놓고는 수영장 바깥에 드러누워 낮잠을 한 잠씩 자다가 가는 게 고작이었다.

동네 테니스 코트도 한국 직원들이 거의 전세를 내다시피 했다. 그러자 시설을 잘 사용하지 않는 현지 주민들이 곱지 않은 시선을 보내기 시작했다. 한국 청년들이 떼로 몰려와 소란을 피우니 특히 동네 현지 청소년들은 노골적으로 반감을 드러내기도 하고 적대시했다. '고우 홈, 한국인들(Go home, Koreans)'라는 낙서가 빈 테니스 코트 바닥에 분홍색 분필로 되어있기도 했다. 그래도 우리는 상관하지 않고 우리에게 주어진 풍요로움을 즐겼다. 테니스를 치고 피자집에 가서 손바닥 두께만큼이나 두툼한 피자를 주문해 시원한 맥주와 함께 먹는 기분은, 아, 그야말로 환상 그 자체였다. 그 당시 한국에서는 상상할 수 없는 삶이었다.

그렇다고 판판히 놀고먹기만 하는 생활은 아니었다. 노는 건 토요일 저녁부터 일요일까지만 가능했고, 평일에는 해야 할 일이 많았다. 평일 근무시간이 끝나고 저녁 식사를 하고 나면 다시 사무실에서 9시 반까지 야간 근무를 했고, 토요일에도 오후 5시까지는 근무를 했다. 일이 밀려있거나 월말이거나 하면 밤을 새우는 일도 많았고 철야 작업을 하고도 빈 회의실에서 한 시간쯤 눈을 붙이고 다시 일했다.

현지 미국인들은 우리를 '일벌레들'이라고 불렀다. 그렇게 매일 일만 한다면 도대체 너희는 무엇을 위해 사는 인생이냐고 비웃음 섞인 질문을 하면서 우리의 근무 방식을 신기해하곤 했다. 우리는 그런 비웃음을 들어가며 억척스럽게 일했다. 그건 나뿐 아니라 그 시대 한국인들이 일하고 살아가는 방식이었다.

우리는 중동 지역의 건설 현장을 돌며 가장 낮은 입찰가를 불러 공사를 수주받았다. 외국의 경쟁 업체들은 우리를 시샘하면서도 한편으로는 '그 쥐꼬리만한 공사금액으로 얼마나 잘하나 두고 보자. 아마도 날림 공사가 될 것이 틀림없다.'라고 비아냥거렸다. 하지만 우리는 실패를 장담하던 세계적인 건설 회사들의 코를 납작하게 했다. 우리의 값싼 노동력도 일조했지만, 지위의 고하를 막론하고 모두가 밤새가며 일한 결과였다. 한강의 기적은 그러한 구조 안에서 일벌레가 되어야만 했던 그 시대의 모든 근로자들이 일군 것이다.

부임한 첫해 연말에는 관계사들까지 모두 초청해 회사 건물 로비에서 성대한 연말 파티를 열었다. 영어 잘하는 내 룸메이트가 사회를 봤고, 나는 파티 중간쯤에 기타를 들고 나가 2곡의 노래를 불렀다. 첫 번째 곡은 글렌 캠벌의 〈투데이〉였고, 두 번째 곡은 송창식의 〈철지난 바닷가〉였다. 노래를 마치고 어색한 표정으로 엉거주춤 무대에서 내려오는 중 박수 소리와 함께 앵콜을 외치는 환호성이 쉼 없이 들려왔다. 평소에 근엄하던 현지 관계사 임원이 마치 고등학교 1년 후배 대하듯 친근하게 다가와 팔을 잡아끄는 바람에 다시 무대 위로 올라가 기타 줄을 잠시 조율한 후 앵콜 송으로 에밀루 해리스의 〈방랑자A wayfaring stranger〉를 불렀다. 밝은 조명등 아래 끊임없는 박수 소리, 화려한 저녁이었다. 분명히 내 인생의 가장 빛나는 순간 중 하나였다.

다음날 출근해 보니 나는 미국 현지인들로부터 유명 인사가 되어있었다. 당시 미국 사람들은 파티나 모임에서 노래를 시키면 다들 도망가기 바빴다. 개중에는 용감하게 마이크를 받아 노래하는 경우도 있었지만 마치 초등학생이 어른 노래를 하는 수준의 경우가 대부분이었다. 기타를 치면서 팝송 2곡과 한국 포크송 1곡을 부른 나는 그들로부터 휴스턴의 '케니 로저스'로 불리게 됐다. 그게 지금으로부터 꼭 40년 전의 일이다.

2021년 1월 현재, 나는 경비원 복장을 하고 방역 마스크를 쓴 채 아파트 경비원 초소에서 근무하고 있다. 화려했던 옛날, 나에게도 마음먹고 열심히 노력하면 무엇이든 이룰 수 있었던 어느 젊은 시절이 있었다. 그때를 회상하며 흘러간 팝송을 듣기도 하고 낮은 목소리로 따라 불러도 본다.

그런 날이 있다. 근무하고 있는 초소에서 밖으로 나가 아파트 단지 담장을 돌아나가면 다시 그날의 그들과 만날 것만 같다. 가끔은 손만 뻗으면 가까이 닿을 듯하다. 물론 나의 착각일 뿐이다. 시간을 한 겹만 넘어설 수 있다면 공간은 따라서 펼쳐질 것이건만.

휴스턴에서의 그 시절은 이제 돌아오지 않는다. 그러나 언젠가 다시 한 번 꼭 가 보고 싶다. 매일 수영하던 푸른 수영장으로. 그 수영장만큼이나 푸르렀던 나의 젊은 시절로.

5

엄마,
그리고 와송

와송瓦松, 처음 듣는 이름이었다. 오래된 한옥의 지붕 위에서만 산다고 했다. 엄마 병문안 온 이모들이 하는 얘기를 어깨너머로 들었다. 이 '와송'이란 것이 암에 특효약이라고. 대강의 생김새를 얘기로만 전해 듣고 동네 오래된 기와집을 이집 저집 기웃기웃 넘겨다봤건만 눈을 씻고 봐도 찾을 수가 없었다. 아주 오랜 세월 기왓장이 풍파에 쓸리고 파이며 흙먼지가 쌓인 그 사이사이에서만 자란다는 신비의 명약이라고 했다. 와송을 구하겠다고 오래된 한옥의 기와지붕들을 넘겨다보며 다닌 지 열흘쯤 흘렀다. 기와지붕 위에 잡풀이나 이끼는 어쩌다 볼 수 있었지만 한 번 본 적도 없는 와송을 찾는다는 게 무리였을까. 요즘 젊은이들 같으면 고개를 갸우뚱할 일이다. 인터넷에서 검색해 보면 되지, '와송'이라고. 그러나 1970년대 중후반, 인터넷은커녕 컴퓨터도 대기업 전산실에나 가야 볼 수 있는 귀한 몸이었다.

　며칠을 허탕 치며 다니던 어느 날 문득 그동안 동네에 있는 기와
집만 찾아다녔다는 것을 깨달았다. 그리고 보니 오래된 사찰이나 고
궁이야말로 오래된 한옥 아닌가. 그래서 서울 시내의 고궁들을 슬며
시 엿보기 시작했다. 비원과 창경궁, 학생이던 때 담치기로 몇 번 넘
어 다닌 이력이 있다. 물론 공소시효도 끝난 얘기지만.

　그러던 어느 날 드디어 와송을 찾았다. 서울 한복판에 있는 고궁
'비원'에서였다. 지금은 창덕궁 후원이라 불리지만 옛날에는 비원
이라 불렀다. 'Secret Garden' 비원은 넓다. 보수한 지 오래된 곳,
특히 사람의 발이 잘 닿지 않는 후미진 곳의 담장 기와지붕이나 비
교적 낮은 지붕을 한 별관 지붕 같은 곳에서 와송을 발견했다. 외양
은 강아지풀 같기도 하지만 더 찰지고 단단해 보인다. 비교적 지붕
이 낮은 담장에 있던 것 하나, 까치발을 해서 겨우 손이 닿을 수 있는
곳에 핀 것 하나, 그렇게 두 송이를 따서 소중히 종이 봉지에 담아 집
으로 돌아왔다.

　초저녁까지 병마에 시달리다가 겨우 잠드셨을 엄마의 머리맡에
와송을 살짝 놓아드렸다. 방문을 닫고 조심조심 나오려는 순간 잠귀
가 밝은 엄마가 깼다. 살그머니 돌아보니 엄마는 힘없는 눈길로 나
를 물끄러미 쳐다보다가 베개 머리맡의 종이 봉지에 눈길을 돌렸다.
아마도 낯선 풀냄새 같은 게 난 탓이리라.

"이게 뭐니?"

며칠 전 이모들하고 얘기 나누던 와송을 구해왔다고 하니 엄마는 종이 봉지를 펴 보고는 이건 와송이 아니고 개똥쇠라고 하신다. 쉽게 구할 수 있는 물건이 아니니 찾으러 다니지 말고 건너가 공부나 하라고. 말씀하는 중에도 뜨끔뜨끔 고통을 참아내신다. 그때마다 내 가슴도 아프도록 저려왔다.

엄마는 유방암이셨다. 가슴에서 겨드랑이로 연결되는 임파선에 이미 암세포가 전이되었다고 했다. 1차 수술 후, 2년을 견디다 못해 2차 수술까지 받았다. 어린 나에게는 다들 쉬쉬 했지만 수술 결과가 그다지 좋지 않은 듯했다. 이 사람 저 사람이 전하는 민간요법도 받아보고 종교의 힘을 빌리기도 했다. 교회 목사님을 집으로 초청해서 안수기도를 받아보기도 했고, 내가 업다시피 성당에 모시고 가기도 했고, 다음날에는 슬며시 용하다는 절에도 모시고 갔다. 엄마 몸이 조금이라도 평안해진다면, 그 잔인하게 밀려드는 고통과 공포로부터 잠시라도 벗어날 수 있게 된다면, 어디에든 업고 가고 싶었다. 그때는 지푸라기에라도 손을 뻗는 심정이었다.

다음 날 아침에 다시 와송을 구하러 나섰고, 다시 며칠을 보낸 후에 서울 명륜동에 있는 오래된 서원의 기와 위에서 그것을 찾아냈다. 실물을 보자마자 '이거다'하는 확신이 들었다. 선인장 종류인 용설란이나 지금으로 치면 미니 알로에 같이 생겼다. 하나를 발견하고

부터는 여기저기에서 와송을 찾을 수 있었다. 준비해 간 비닐 봉지에 반쯤 채우고 나니 어둠이 내려앉았다. 집으로 돌아오는 밤길은 그날따라 그다지 어둡지 않았다. 이 와송으로 우리 엄마 병이 나을 수만 있다면.

엄마가 주무시고 계실지도 몰라 안방 문을 살금살금 열고 들어 갔다. 진통제를 맞은 지 얼마 안 되었는지 고통이 덜 해 보이는 엄마는 옆으로 누워 TV를 보고 있다가 힘없이 나를 반겼다. 그 이부자리 앞에 요술 보자기 펼치듯 비닐 봉지를 펼쳐놓자 그 안에 얌전히 들어있는 와송 무더기가 드러났다. 엄마는 단박에 함박 웃음을 지으며 반가워했다. 자신의 몸에 침입한 병마를 물리칠 명약을 눈앞에 두어서 그랬을까, 아니면 늘 변변치 못하고 어리숙하기만 하던 내가 모처럼 대견스러워 보여서 그랬을까.

그 후에도 두어 번 와송을 따다 드렸다. 맨 처음 따다가 담아두었던 조그만 광주리는 금세 비워졌는데, 그다음 따온 와송은 며칠째 그대로 있다가 어느 날 보니 한꺼번에 없어졌다. 아마도 며칠 내내 그대로 재워둔 그 광주리를 보이기가 민망하고 미안해서 다른 곳에 치워 두셨을 것이다.

그리고 얼마 후, 어느 새벽녘에, 엄마는 평안히 잠드셨다. 그때의 연세가 61세였다. 지금의 내 나이보다도 어렸던, 불쌍한 우리 엄마.

집에 덩그러니 남은 아버지와 나는 어머니의 유품을 정리했다.

태워서 올려보낼 물건들을 집 마당 가운데에 모으던 중, 내 옆에 서 계시던 아버지가 갑자기 마당 한 구석의 라일락 나무 옆을 손으로 가리키며, "정호, 정호야…"하고 말했다. 정호는 우리 엄마의 함자다. 옆에 서 있던 나는 몸이 쭈뼛했다. 아버지는 마치 정신 나간 사람처럼 휑하니 마당 한 구석을 한참 바라보다가 알 듯 모를 듯 고개를 몇 번 끄덕이고는 얼굴을 밑으로 떨어뜨리고 한동안 아무 말씀이 없었다. 그때 나는 알았다. 아버지는 엄마를 보신 것이다. 차마 우리 곁을 떠나지 못 하고 뜰에 서 계시던 엄마를. 그런데 왜 나는 엄마를 못 본 것일까. 그건 한 가지 이유 때문인 것을 잘 안다. 내가 불효자였으니까. 그날 이후 잠자리에 들 때마다 기도했다. 꿈속에서라도 엄마를 만날 수 있게 해 달라고. 다시 만나게 되면 발 아래 엎드려 그냥 펑펑 울고 싶었다.

엄마를 꿈에서 만나게 된 건 그 후로도 한참 나중의 일이다. 아버지도 돌아가시고 난 후 내가 어떤 일로 난생 처음 송사에 휘말려 있을 때였다. 처음에는 자신만만하던 수임 변호사가 선고일이 다가오자 내 눈을 피하며 말수도 줄어들었다. 하루하루가 정강이까지 빠지는 뜨거운 모래 사막을 혼자서 맨발로 걷는 기분이었다.

그러던 중, 선고를 일주일 남겨두고 그렇게도 그리던 엄마를 꿈에서 만났다. 양지바른 시골집에 아버지와 함께 햇빛이 제일 잘 드는 툇마루에 나와 앉아 계셨는데, 두 분 다 그렇게 평화로워 보일 수가 없었다. 나의 이야기를 나누시는 것 같았다. 그러시더니 엄마가 머뭇머뭇 서 있는 나를 향해서, 고생 많았다고, 앞으로는 이런 일 없을 테니 걱정하지 말라고, 시골 처녀처럼 수줍게 웃으면서 말했다. 왜 나는 그때 얼른 가서 엄마를 안아 드리지 못했을까. 귓가 언저리가 하도 축축해서 깨어보니 꿈이었다. 베갯잇이 눈물에 흥건히 젖어 있었다.

수개월 전 법원에서 집으로 보내진 법정 출두 요청서와 피소통지서를 먼저 받아본 것은 내가 아닌 아내였다. 퇴근해 집에 들어오니 아내의 얼굴이 하얗게 질려 있었다. 별일 아니라고 얘기해 두었지만 아내는 법원 일정이 진행되는 내내 나의 안색만 살폈다. 그러다가 선고를 얼마 안 남기고 상황이 내게 불리한 방향으로 흐르고 있음을 직감했다. 속내를 감추지 못하는 내 탓에 아내 역시 가슴앓이만 하는 중이었다. 얼굴까지 까칠해진 아내를 위로할 방법을 찾다가 하는 수 없이 꿈 얘기를 해 주었다. 아버지 어머니를 꿈에서 뵀다고, 나에게 잘될 테니 걱정 말라고, 그리고 앞으로는 이런 일이 다시는 없을 거라 하셨다고. 말을 하는 동안 목이 메어 왔다. 잘 나오지 않는 목소리로 띄엄띄엄 얘기해 주었더니 아내의 울음보가 한꺼번에 터지기 시작했다. 얼마나 참고 참았을까. 그래 시원하게 울어서 그간의 가슴앓이라도 풀어버리자. 서럽게 우는 아내 곁에 서서 울음이 멈추길 가만히 기다려 주었다.

드디어 선고일이 되었다. 공교롭게도 일본 바이어가 한국에 들어와 있어서 바쁜 날이었지만 모든 신경은 선고 결과에 쏠리고 있었다. 오후가 되자 변호사 사무실의 사무장으로부터 전화가 왔다.

"저, 사무장입니다."

그 순간, 나는 차라리 눈을 감아버렸다.

선고 결과는 나의 승소였다. 열흘 후, 원고는 항소를 포기했다.

엄마…

6

조강

2018년 11월

새벽 5시, 아내가 졸린 눈을 비비며 출근길의 나를 챙겨준다. 자신도 아침 일찍 출근을 해야 한다. 조금 더 눈 좀 붙이다 갈 일이지 오늘도 현관까지 따라 나온다.

'조강지처', 술을 만들고 남은 쌀 찌꺼기와 쌀겨로 끼니를 이을 정도로 몹시 가난한 시절의 고생을 함께 겪어온 아내를 이르는 말이라고 한다. 얼마 전 인터넷으로 검색해보기 전까지는 '옛날에 조강이라는 사람의 아내가 현모양처였나보다.' 하고 잘못 알고 있었다.

지난달부터 아내가 집안 동생네 식당 일을 도와주러 나가기 시작했다. 가게 매출이익을 얼마씩 나누는 동업이라고 한다. 걱정부터 앞선다. 동업이란 게, 잘되면 서로 자기 욕심 더 채우려다 깨지고 못 되면 당연히 망해서 깨지는 것이니, 형제간에 괜히 의만 상하지 않으면 다행이다 싶기도 하다. 집 살림이 워낙 바닥이다 보니 어쩔 수 없이 집사람도 일하러 나가고, 나는 그런 아내를 말리지 못하고 옆에서 마음 졸이며 바라볼 뿐이다.

경비 근무 중 순찰을 돌면서 아무렇게나 버려진 담배꽁초나 아이스크림 껍질을 주워 올릴 때마다 마음을 건드리는 고통이 있다. 극소수의 갑질 입주민을 마주할 때도 그렇다. 떠나고 싶어도 떠날 수 없는 지금의 내 위치가 한탄스럽다. 집사람이라고 해서 식당 일 하면서 마음의 고통이 왜 없겠는가. 내가 그렇듯 매 순간 있을 것이다. 곱게만 컸고 나에게 시집와서도 경제적으로 큰 불편 없이 고생 모르고 살아오던 사람이다. 그런 그가 밤에 녹초가 되어 집에 돌아오면 손목부터 만진다. 식당에 오는 손님들 중에는 갑질하는 진상 손님도 반드시 끼어 있을 터.

아내는 일일이 얘기하지 않는다. 내가 걱정할까 봐서겠지. 그리고 무안해서라도 차마 묻지 못하는 나. 바쁠 때에는 혼자서 식당 안을 거의 뛰어다니다시피 한다고 한다. 내가 알지 못하고 아내가 얘기하지 않는 많은 어려움이 있으리라 짐작만 할 뿐이다. 며칠 전에는 일하다 화상을 입었는지 밴드를 붙인 손바닥이며 손가락을 슬그머니 가리고 현관문을 들어오는 모습을 보며 내 가슴이 철렁 내려앉았다. 이 날은 혼자 속으로 많이 울었다.

오늘도 한쪽 어깨를 주물렀다가 손을 바꿔서 다른 쪽 어깨를 주

무르기도 한다. 허리에도 손이 간다. 온몸이 아픈 것이 분명하다. 그러면서도 "오늘은 손님이 꽤 많이 들었다."며 밝은 모습을 보이려 애쓴다. 그러나 그 모습이 더 안쓰러워서 나는 눈도 차마 마주치지 못 한다. 24시간의 경비 일을 마치고 퇴근해서 빈집에 돌아와 낡은 소파에 잠깐 기대앉아 쉬다가도, 식당에서 분주히 움직이고 있을 집사람 생각에 얼른 일어나게 된다.

얼마 전에는 서랍 정리 중 집사람의 옛날 앨범이 나왔다. 옛 사진을 보다가 그만 면목이 없어 고개를 떨구고 말았다. 아내가 중학교 시절 친구들과 사복을 입고 사진을 찍으러 가까운 고궁에 간 모양이다. 순백색의 미소를 띤 사진을 보고 있으려니 가슴이 아려왔다. 가장 먼저 장인어른과 장모님이 떠올랐다. 저렇게 곱게 키워준 두 분께 면목이 없다. 백합 미소의 소녀를 데려다가 파출부 일까지 나가게 만들었다는 자괴감이 몰려왔다.

'아내를 구해낼 힘을 제게 주십시오.'

지하철을 타고 출퇴근하는 내내 기도한다. 지금 경비원 월급으로는 10년이 지나도 불가능한 희망인 것을 안다. 그러나 나에게도 소원을 빌 자격이 주어진다면 나 자신을 불태워서라도 아내의 순백색 미소를 되찾아주고 싶다. 지금껏 나태하게 살아오다가 뒤늦게 기도하는 것이 부끄럽지만 아무 잘못 없이 힘든 고생을 하는 아내를 위해 올리는 기도이니만큼 반드시 들어주시리라 믿는다.

빈천지교불가망貧賤之交不可忘

빈천할 때에 사귄 친구는 잊어서는 아니 되고

조강지처불하당糟糠之妻不下堂

술지게미와 쌀겨를 함께 먹으며 고생을 같이한 아내를 마루에서

쫓아내서는 안 된다.

뒷골목 돼지갈비집에라도 같이 가게 되면, 내가 고기를 구워가

며 가위질을 하는 동안 맞은편 자리에 앉아 행복해하는 아내의 모습

에 고개를 떨구게 된다. 미안하고 부끄러워서, 그리고 고마워서.

대화를 많이 하려 하지만 그럴 기회가 많지 않고, 같이 자리를 해

도 대화거리를 찾기가 쉽지 않다. 해서, 요즘은 가능한 대로 TV 앞에

앉아 있는 집사람 옆을 같이 하려고 노력한다. 나는 영화를 볼 때가

아니면 TV 앞에 잘 앉지 않는 편이지만, 가볍게 허허 웃는 예능프로

나 음악 경연 프로 등도 지긋이 함께 보려고 노력한다. 나란히 앉아

같은 곳을 바라보는 것의 가치를 뒤늦게라도 조금이나마 깨달았기

때문이다. 그러다가 "아이구, 저런, 저런. 계모도 아닌 친모가 어린

아이한테 저럴 수가…"라든지, "어, 이 사람 오랜만에 방송에 나왔

네" 등등, 같은 곳을 보고 같이 공감하고 같은 언어를 쓰려고 노력해

본다.

나란히 앉아 같은 곳을 바라보고 같이 웃고, 울고, 공감하는 이 것이, 바로 행복이구나. 그동안 나의 행복이란 것은 쫓아가면 한 걸음 더 멀리 도망가 있고 비싼 대가를 치르고 나면 항상 그 너머에 있었다. 그러나 행복은 결코 멀리 있거나 비싼 값을 치러야 하는 게 아니었다. 지금 이 순간, 이 자리에 찾아온 작은 행복을 발견한 데 감사할 뿐이다.

나 자신에게 정직하게 다가가는
'글쓰기'라는 길

한없이 나락으로 떨어진 몇 년이었다. 그렇게 바닥까지 도달해 보니 극단적인 선택을 앞둔 이들의 상황과 그 심정을 충분히 알 수 있을 것 같았다. 그러나 지금에 와 돌이켜보니, 이 '나락으로 떨어졌다'는 표현마저도 얼마나 사치스럽고 이기적인 자기 위안이었는가 싶다. 나에게 아직 또렷한 시력과 건강한 사지가 남아 있는데, '바닥'이란 단어를 함부로 쓰면 안 되는 것이다. 그전까지는 남의 일이었던 것이 지금 내 일이 되고 보니 비로소 나의 한계가 보인다. 그동안 착각하며 살아왔던 만큼 내가 똑똑하지도 영특하지도 않은 그저 게으른 허당이었다는 사실을 반평생 이상 살아내고 난 지금에서야 깨닫게 되었으니, 얼마나 미련하고 아둔한 인간인가.

어렴풋이 나 자신의 한계를 깨닫게 되면서, 나는 모든 것을 접어

둔 채 뒤도 안 돌아보고 아파트 경비원이 되었다. 단 한 달을 하고 그만두더라도 당시 최악의 상황이 더 험한 모습이 되기 전에 지푸라기라도 잡아야 했다. 그렇게 시작한 아파트 경비원 생활이 달이 바뀌고 반년이 지나고 한 해, 두 해, 이제 세 해째가 되었다. 쥐꼬리 반 만큼도 못 되는 경비원 봉급. 그 돈으로 생활이 안정되고 이따금 삶의 소소한 행복을 발견할 수 있게 된 것은 기적과도 같은 일이다.

마음이 조금 편해지면서는 시간이 날 때마다, 마음에 울림이 있을 때마다, 조금씩 간단한 메모를 남기기 시작했다. 무슨 목표가 있어서 했던 일이 아니고 하루하루 어, 어, 하고 보내는 것이 아까워서 생각날 때마다 써 두었는데, 매일 쓰기도 했고 보름에 한 번 쓰기도 했다. 그렇게 써서 모아두었던 이면지 메모장이 시간이 지나고 보니 양이 꽤 되었다.

그러던 중 하루는 엉뚱한 생각이 들었다. 책 한 권의 분량이 되지 않을까, 아파트 경비원이라는 특수한 상황이 글감이 되지는 않을까. 그러나 엄두가 나지 않는 일이었다. 어디부터 어떻게 시작해야 하는지조차 모르니 그저 우물쭈물하고만 있던 그때, 마침 '책 한번 써봅시다.'의 장강명 작가님을 우연히 유튜브에서 만났다. 작가님의 강연 도중 '당신도 책을 쓸 수 있다.'는 그 한 마디에 크게 고무된 나는 장강명 작가에게 무턱대고 메일을 보냈다. 사람은 무식하거나 또는 막다른 절벽 앞에 서게 되면 용감해진다.

이러저러해서 아파트 경비원을 하고 있는 사람인데 생각날 때마다 써둔 메모장이 있다, 시간이 흐르다 보니 그 양이 꽤 되는데 대강의 줄거리는 이러저러하다, 이런 메모집도 책이 될 수 있겠습니까, 라는 옹색한 질문 이메일을 썼다. 마지막으로 메일 전송 버튼을 누른 후, 얼른 잊었다. 아니 잊으려 노력했다고 표현하는 게 더 적합한 말일지도 모른다. 글을 써본 경험도 지식이나 정보도 없는 내가 책을 출판한다니. 말도 안 된다. 그리고 장강명 같은 유명 작가가 글재주는커녕 글을 써본 적도 없는 무지렁이 아파트 경비원이 보낸 푸념 같은 메일을 받아보기나 하겠나. 설사 받았다고 해도 관심이나 두겠나. 그래도 내 입장에서는 아무 것도 안 하고 넋 놓고 있으니 감히 연락이라도 해 본 게 어디냐, 치부하고 말았다.

그날 밤 잠자리에 들기 전, 습관적으로 메일함을 열어보니, 어, 장 작가님으로부터 답장이 도착해 있었다. 마지막 순간까지 기대하지 않은 채 메일을 찬찬히 열었다. 취업 응시생이 불합격 통지 메일을 불안한 마음으로 열어보듯.

장 작가님이 보낸 메일의 첫 문장은 '책을 내십시오.'로 시작하고 있었다.

'저라면 선생님 책을 사서 읽어 보고 싶습니다. 혹시 원고를 보내 주실 수 있는지요.'

그때의 감사함은 뭐라 표현할 길이 없다. 내 잡다한 글을 '원고'라고 표현하셨다. 급히 손을 좀 봐서 다음 다음날 보내 드렸다. 양만

쌔 되는 두서없는 졸필을. 장 작가님으로부터의 답장은 다음 날 바로 들어왔다. 바쁘신 중에도 시간을 일부러 내어 나의 졸렬한 메모집을 '원고'로 읽어 주신 것이다. 정미소 출판사의 김민섭 대표를 소개해 주시면서 그쪽에 글을 보냈으니 좀 기다려 보라고 하셨다. 그며칠 후, 정미소 김민섭 대표님으로부터 간략한 출판제안서를 받았다. 정미소 김 대표님한테 처음부터 들은 내 호칭이 '작가님'이었다.

장강명 작가님은 나의 두서없는 잡글을 '원고'라고 칭해 주시고, 김민섭 대표님은 나를 '작가님'으로 불러 주셨다. 새로운 길을 터 주신 두 분께 무한한 감사의 말씀을 전하고 싶다.

무엇보다도, 글을 쓰는 일이 즐거운 작업이라는 것을 글을 쓰고 다듬으면서 최근에야 알게 되었다. 나 자신에게 좀 더 정직하게 다가갈 수 있는 통로가 된다. 계속 글쓰는 삶을 곁에 두고 살아가고 싶다.

2021년 정월

정미소는 한 세계를 깨뜨리고자 하는 모든 개인의 고백을 응원합니다.

나는 아파트 경비원입니다

2021년 6월 29일 1판 1쇄 인쇄
2021년 6월 30일 1판 1쇄 발행

지은이　　최훈
펴낸이　　김민섭
펴낸곳　　도서출판 정미소

출판등록　2018.11.6. 제2018-000297호
주소　　　서울시 마포구 월드컵로30가길 27 4층 (03970)
이메일　　3091201lin@gmail.com

ISBN 979-11-967694-4-4　03810